Das Buch

Vierzehn Krimiautoren haben sich in dieser Anthologie zusammengefunden, um uns die Augen über unser Land zu öffnen. Das Verbrechen lauert nicht nur in verkommenen Vierteln der Großstädte, auch im idyllischen Mosbach kann der Neckar Zeuge eines raffiniert eingefädelten Gattenmordes werden.
Überall wird gemordet: am stillen See und unter den Augen der Lokalpresse, auf Schloss Schreckenstein zwischen Schwäbisch Hall und Michelbach, im Vogelschutzgebiet und auf dem Heuboden. Mag dem einen oder anderen Leser der sanfte Grusel über den Rücken laufen bei all den Psychopathen, die in unserer Nähe ihr Unwesen treiben, es überwiegt das Lesevergnügen und die entspannende Spannung dieser Kurzkrimis.
»Das Verbrechen lauert überall« enthält die besten Beiträge eines Krimiwettbewerbs, den das Internetportal www.krimi-forum.de in Verbindung mit der Krimiautorenvereinigung »Das Syndikat« und dem Verlag der Criminale anläßlich der Criminale 2001 in Mosbach im Frühjahr 2001 veranstaltet hat.
Neben jungen Autoren, die gerade erst mit dem Schreiben beginnen, haben sich auch renommierte Autorinnen und Autoren an dem Schreibwettbewerb beteiligt. Entstanden ist ein unterhaltsames Kolorit von deutschen Kurzkrimis, die im weitesten Sinne zu dem zur Zeit so beliebten Genre Regionalkrimi gehören.

Die Jury

Hochkarätige Vertreter der Krimiszene von Hamburg bis München, Mitglieder des Syndikats, der Sisters in Crime, Literaturkritiker, Verleger und Buchhändler.

Die Autorinnen und Autoren

Thomas Barth, Reimund Dierichs, Martina Fiess, Klaus-J. Frahm, Jonas Torsten Krüger, Tatjana Kruse, Renate Müller-Piper, Oliver Pautsch, Axel Timo Purr, Marianne Reuther, Ulrike Rudolph, Stephan Rykena, Charlotta Saß, Kathrin Schrocke.

Das Verbrechen lauert überall

»Briefe aus Mosbach« und andere Bluttaten

verlag der criminale

Der Verlag der Criminale ist ein BoD™ Verlag der Buch & medi@ GmbH, München. Dieser Verlag publiziert ausschließlich Books on Demand in Zusammenarbeit mit der Books on Demand GmbH, Norderstedt, und dem Hamburger Buchgrossisten Libri. Die Bücher werden elektronisch gespeichert und auf Bestellung gedruckt, deshalb sind sie nie vergriffen. Books on Demand sind über den klassischen Buchhandel und Internet-Buchhandlungen zu beziehen.

Weitere Informationen über den Verlag der Criminale und sein Programm unter: www.verlag-der-criminale.de

Mai 2001
Verlag der Criminale
Ein BoD™ Verlag der Buch & medi@ GmbH, München
© 2001 Buch & medi@ GmbH (für die Anthologie)
© der Einzelbeiträge bei den Autoren
Umschlaggestaltung: Kay Fretwurst, Spreeau
Herstellung: Books on Demand GmbH, Norderstedt
Printed in Germany · ISBN 3-935284-75-6

Inhalt

MARIANNE REUTHER: Briefe aus Mosbach · 7
AXEL TIMO PURR: Meine glückliche Zeit mit Marnie · 15
RENATE MÜLLER-PIPER: Tinas Tod · 24
OLIVER PAUTSCH: Verhör · 34
MARTINA FIESS: Frauensolidarität · 43
REIMUND DIERICHS: Die Tätowierung · 52
CHARLOTTA SASS: Nachtschichten · 71
KLAUS-J. FRAHM: Wengers Restaurant · 83
KATHRIN SCHROCKE: Vroni wartet und träumt vom Süden · 89
THOMAS BARTH: Der Liebhaber, der Dieb, sein Koch
   und die Frauen · 94
JONAS TORSTEN KRÜGER: Wer tötet für einen Vogel? · 104
ULRIKE RUDOLPH: Schwimmtraining
   oder: Mens sana in corpore sano · 117
STEPHAN RYENKA: Eiskalt · 123
TATJANA KRUSE: Die Hohenloher Methode · 130

Die Autorinnen und Autoren · 135

MARIANNE REUTHER
Briefe aus Mosbach

Mosbach-Reichenbuch, den 5. Juni 2000
Liebe Lilly,
es ist traumhaft. Wenn irgendein Fleck auf der Welt dazu ausersehen sein sollte, einem Menschen neuen Mut zum Leben zu geben, so muss es dieser hier sein. Wir sind müde von der Reise und gehen jetzt schlafen. Ich wollte dir nur vorab unsere heile Ankunft mitteilen – demnächst mehr.
Deine Anne

Mosbach-Reichenbuch, den 9. Juni 2000
Liebe Lilly,
danke für deine Idee, uns hierherzuschicken. Der Ort ist idyllisch, und »Haus Eichwald« eine gute Wahl. Wenn ich an den Schicksalsfreitag zurückdenke, möchte ich vor Scham in einem Mauseloch verschwinden. Ohne dein Eingreifen stündest du nun an meinem Grab. Wie konnte ich das Leben für sinnlos halten! Ich begreife es nicht. Nicht beim Anblick des östlichen Himmels am Morgen oder des westlichen am Abend, nicht, wenn ich den Wald durchstreife, auf einem Baumstamm zwischen Hecken und Gras sitze oder abends auf der kleinen Veranda, über uns den samtschwarzen Himmel voller glitzernder Sterne.

Fred hat sich in aller Frühe mit seiner Ausrüstung auf die Socken gemacht. Sitzt jetzt irgendwo in der Landschaft und arbeitet. Motive allerorten. Wie weit ist Helmut mit der Ausstellung? Ich sehe dich an dieser Stelle schmunzeln, lese deine Gedanken und gebe dir Recht: langsam interessiert mich einiges wieder. Hoffentlich verkaufen sich »Die Gebenden« gut und das eine oder andere Bild dazu, dann können wir es uns leisten, den Sommer hier zu verbringen.

Mosbach ist in der Tat heilsam für uns beide. Zu Zärtlichkeiten ist es leider noch nicht gekommen. Ich muss ihm Zeit lassen. Wenigstens streiten wir uns nicht, das ist immerhin ein Anfang. Ich fühle Kraft zum Bäume-Ausreißen in mir, lasse mir öfters die Sonne angedeihen, hier auf der Liegewiese, so wie jetzt, oder im Gras unten am Ufer nach dem Kraulen im Fluss.

Fred war gestern bis in den Abend hinein verstimmt, weil mich morgens ein gut aussehender Mann sehr freundlich gegrüßt hatte. Albern, was? Aber du kennst ihn ja. Heute früh war er wieder guter Laune. Dieser gut aussehende Mann ist Schweizer, seine Frau Spanierin. Ein ungleiches, spaßiges Gespann. Er: groß, sportlich, charmant. Sie: pummelig, klein, mürrisch, ganz und gar unspanisch, noch keine dreißig und schon eine Matrone. Da fragt man sich erstaunt, wie hat die es angestellt, den zu kriegen. Vermutlich ist sie es, die die Mäuse hat. Die haben's dicke sitzen, wie es scheint.

Schreib mir bald. Gleich. Bitte. Ich werde jetzt schwimmen. Und dann sonnen. Und zwar im Schwimmbad diesmal, da treffe ich eine nette Bekannte aus dem Gasthof Hirsch. Die schreibt Gedichte und bemalt Seide.

Ein Regen von Küssen!
Deine Anne

Mosbach-Reichenbuch, den 10. Juni 2000
Liebe Lilly,
heute schloss ich mich einer kleinen Gesellschaft an, die mit einem VW-Bus nach Eberstadt gefahren ist, die Tropfsteinhöhle zu besuchen. Fred kam nicht mit, er hat sich in eine Ecke der Altstadt verliebt, der er mit Pinsel und Palette zu Leibe rücken will.

Tropfsteinhöhlen machen mir Angst, auch wenn ich sie bezaubernd finde. Ich wagte mich dennoch mit der Gruppe hinein, im Gegensatz zu der pummeligen Spanierin. Die wartete draußen. Ich kam mit IHM ins Gespräch. Er hat mir zwischen Stalagmiten und Stalagtiten von dem Schlauchboot erzählt, mit dem er nächsten Donnerstag, wenn seine Frau ihren Sauna- und Massagetag verbringt, den Neckar an der Burgenstraße entlangrudern wird. Das Boot gehört einem Freund, der mit seinem Wohnmobil auf dem Campingplatz »Neckarterrasse« in Binau Station gemacht hat. Das sind mit dem Fahrrad von hier aus etwa 20 Minuten, das hat er gleich dazu gesagt und auch, dass in der Neckarelzerstrasse ein Fahrradverleih ist. Ach ja, und dass er so zwischen elf und zwölf Uhr vom Steg ablegen wird, und dass sich der Steg direkt vor der Neckarterrasse befindet. Wie find'sten das?

Ich bin seit einer Stunde wieder im Haus, Fred ist noch nicht zurück. Es geht mir gut. Ich träume von einer Ruderfahrt und umarme dich:
Deine Anne

Mosbach-Reichenbuch, den 11. Juni 2000
Liebe Lilly,
Fred ist dabei, ein Meisterwerk zu vollbringen. Sein Talent hat Hochkonjunktur. Ihr werdet Augen machen! Wir sind – glaube ich – glücklich. So auf platonisch, wenn du weißt, was ich meine. Diesen Brief schreibe ich auch wieder auf der Liegewiese hinterm Haus. Wassil (der Schweizer, den Vornamen weiß ich – noch – nicht) beobachtet mich von seinem Fenster aus. Die Wassils haben die Zimmer über uns. Ich spüre deutlich den Versuch seiner Blicke, mich des Bikinis zu entledigen. Ihn zu reizen – das merkt ja keiner – vergnügt mich sehr.
 Ich küsse und umarme dich, lieb Schwesterherz, grüße Helmut von mir.
Deine Anne

Mosbach-Reichenbuch, den 13. Juni 2000
Liebste Lilly!!!
Dein Brief ist da! Danke! Ich kenne ihn auswendig, habe ihn oft gelesen. Das klingt wie Heimweh, habe ich aber nicht. Denk dir, Wassils hatten uns gestern zum Cocktail eingeladen. Es war ein zauberhafter Abend auf ihrer Terrasse, Millionen Sterne über uns. Lilly, ich bin verschossen! Er heißt Greg – und ich glühe, bin eine einzige Flamme! Greg besucht schon morgen seinen Freund in Binau, weil Carmen eine Familie mit Kindern aus ihrem Heimatort nach Dallau begleitet, dort soll ein Märchengarten sein.
 Ich bin schon viel zu lange nicht mehr Rad gefahren! Und Schlauchboot überhaupt noch nicht. Das muss sich ändern. Morgen.
Deine lodernde Anne

Mosbach-Reichenbuch, den 15. Juni 2000
Lilly, Schlauchbootfahren ist das größte Vergnügen auf der Welt. Ich bin glücklich, glücklich, glücklich!!!
Anne

Mosbach-Reichenbuch, den 19. Juni 2000
Liebste Schwester,
hast du schon einmal den Mond gesehen? Ich meine, ganz richtig? Das kann man nur von Mosbach aus! Lilly, ich bin nicht mehr auf der Erde. Ich bin im Himmel. Im siebten.
Anne

Mosbach-Reichenbuch, den 23. Juli 2000
Liebste Lilly,
Dank für deine Briefe, ich habe sie alle verschlungen und sie tun mir gut. Ich habe dir so lange nicht geschrieben, weil – ich habe oft keine Zeit, und wenn ich Zeit habe, dann meine Gedanken nicht. Lilly, ich glaube, jetzt weiß ich, wie das mit dir und Helmut ist. Fred hat mich auf seine Art gern, und ich ihn auch – immer noch. Doch könnten wir nie ineinander und miteinander verglühen. – Lilly, ich bin nicht mehr ich, ich bin ein einziges kosmisches Glück, das schwebt und treibt durch Raum und Zeit und jubiliert: ICH BIN VERLIEBT!
Anne

Mosbach-Reichenbuch, den 24. Juli 2000
Liebe Lilly,
was für ein Glück, dass die Ausstellung ein solcher Erfolg war. Deine Bescheidenheit in Ehren, liebe Schwester, wenn du auch Recht damit hast, dass Fred ein großer Künstler ist und seine Gemälde einfach überwältigend sind, so ist es doch euer Verdienst, dass sie – und das in so kurzer Zeit – zahlungskräftige Käufer gefunden haben. Hätte van Gogh so wie Fred einen Kunstkenner und -händler zum Schwager und gleichzeitig eine derart geschäftstüchtige Schwägerin gehabt, dann wäre er nicht aus Armut von eigener Hand gestorben, mit 37 Jahren!

Wir können also hier bleiben, bis der Sommer zu Ende ist. Mein Leben im Himmel auf Erden hält somit noch zwei, vielleicht sogar drei Monate an. Es ist ein wunderschönes Märchen, und ich werde dem Schicksal dafür Dank erweisen in der Form, dass ich nach dem Ende dieses Märchens die Kraft aufbringe, den Schlussstrich klaglos zu akzeptieren, meinen Anspruch auf Glückseligkeit als erfüllt zu betrachten.

Danach fungiere ich nur mehr als Freds Kamerad. Das wird ihn glücklich machen. Mehr will und braucht er nicht. Das und die Malerei. Seine Liebe ist von seltsamer Art, abhold aller Kreatürlichkeit. Aus diesem Grunde auch habe ich nie einen Liebesrausch erleben können, und es entstand ein Loch. Das hat sich angefüllt mit Depressionen, die sich letztendlich zu dem Knäuel zusammenballten, aus dem das Geschehnis jenes Freitags im April erwachsen war. Das wird mir nicht mehr widerfahren, nachdem mir die Zusammenhänge klar geworden sind und ich zudem das Märchen, das ich jetzt durchleben darf, als Erinnerung immer bei mir haben werde. Oh je! ich bin ins Psychologisieren geraten.

Drück mir die Daumen, dass seine Carmen heute Nacht wieder tief und fest alkoholberauscht schläft. Wir hatten bereits die beiden vergangenen Nächte für uns. Fred ist seit Dienstag in Heidelberg bei einem Künstlertreffen und kommt übermorgen zurück. Danach werde ich mich mit Greg wieder tagsüber, während Fred malt, in verborgenen Winkeln treffen. Das ist immer nur möglich, wenn seine Spanierin beim Frisör ist, sich mit ihrer Freundin, die ihren Urlaub mit Mann und Kind im Hotel Schwanen verbringt, im Café Schmankerl in Mosbach trifft, oder mittags während ihres Schönheitsschlafs. Vielleicht unternimmt sie ja auch nochmal einen Tagesausflug und wir dann eine Bootsfahrt. Grüße Helmut. Ich umarme dich.
Anne

Mosbach-Reichenbuch, den 23. August
Meine liebe Lilly,
Wassils sind abgereist. Es ist vorbei. Ich werde Greg nie wieder sehen, doch er ist bei mir, mit mir, ich bin durchdrungen von Greg. Ich muss es dir, geliebte Schwester, weil ich sonst überquelle, sagen, denn der Wind hat es selber gespürt, Sonne, Mond und Sterne wissen es sowieso, die Wolken ziehen zu schnell, um es ihnen hinterherzurufen, und sonst kann ich es niemandem anvertrauen: ER IST NICHT LEIB, ER IST NICHT GEIST, ER IST WONNE.

Von diesem Erleben werde ich zehren bin ans Ende meiner Tage. Es ist möglich, dass ich verrückt geworden bin. Jetzt werde ich ein paar Meter schwimmen, dann rudere ich nach Binau zurück und mache das Boot am Steg fest, das ich mir heute von seinem Freund noch einmal ausgeliehen habe, um die Fahrten mit Greg nachzuspüren. An der Neckarterrasse wartet das Fahrrad auf mich, mit dem ich

nach Reichenbuch zurückradle, und das war's dann. Nächste Woche kommen wir nach Essen zurück, Fred und ich. Und ich verspreche dir ... na, du weißt schon ...
Deine Anne

Anne liebt diese Ruhe über alles. Es ist, als sei sie mit den Insekten im Gras allein auf dieser Welt, kein Mensch weit und breit. Sie räumt die Schreibsachen in die Badetasche, schlüpft aus ihren Kleidern, hüpft hinunter zum Ufer und lässt sich ins Wasser gleiten, krault mit kräftigen Zügen gegen den Strom. Ein Schwarm Vögel, sie kann nicht erkennen welche, fliegt hoch oben über sie hinweg, beschreibt einen Kreis und entschwindet ihrem Blickfeld. Das Spiel der Kumuluswolken zieht Anne in seinen Bann, und das sammetweiche Wasser umstreichelt ihren Körper. Sie gibt sich dem Schwimmvergnügen so lange hin, bis sich ihre Fingerspitzen kräuseln, und schwimmt dann in die winzige Einbuchtung zurück, in der sie das Schlauchboot festgemacht hat, und krabbelt die Uferböschung hinauf. Angenehm ermattet reckt sie sich in der warmen Sonne auf dem Badetuch im Gras, bis ihre Haut ringsum getrocknet ist. Es ist schwül, und Wolken ziehen auf. In der Ferne grollt der Himmel. Anne streift den Kaftan über, legt den geflochtenen Ledergürtel mit den verspielten riesigen Schlaufen an, der zu den Sandalen passt und der, fest zugezogen, ihre Figur aufreizend zur Geltung bringt. Dann rollt sie das Badetuch zusammen, um es in die Tasche zu stecken, und erstarrt zur Salzsäule:

Das Schlauchboot hat mittlerweile einen Partner bekommen, ein offenes Sportboot mit einem dicken Außenborder und darin sitzt, hoch aufgerichtet, Fred. Fred, der jetzt eigentlich in Stuttgart ist. Sein Blick verkündet Unheil. In seiner Hand befindet sich Annes Brief an Lilly, der, den sie vorhin erst geschrieben und in die Badetasche gesteckt hatte. Fred fordert sie tonlos per Geste auf, zu ihm ins Boot zu steigen. Sie setzt wie in Trance Fuß vor Fuß, bis sie, kalkweiß unter der braunen Haut, vor ihm steht, auf dem flachen Felsstück, an dem wie an einer Pier der Kahn und das Schlauchboot nebeneinander im Wasser schaukeln.

Einer Marionette gleich folgt sie der stummen Aufforderung. Der Kahn schwankt närrisch unter jeder Bewegung. Mit ruhiger Stimme klärt Fred sie auf. »Dieser Brief, den du vor deinem Schwimmausflug beendet hast, geht den gleichen Weg, den alle deine Briefe an Lilly gegangen sind. Ich habe jeden einzelnen gelesen und vernichtet. Ebenfalls die von Lilly an dich.« Damit zerreißt er den Bogen in tausend Fetzen und übergibt sie dem Wind. Fred trägt Handschuhe aus Glacé. »Ich habe mir einen Sport daraus gemacht, deine ausgehende wie auch eingehende Post abzufangen, zu studieren und zu vernichten und ein Vergnügen, eure Korrespondenz nach meiner Façon zu gestalten. Heute geht der letzte, der allerletzte Brief von dir an Lilly ab. Du kannst ihn gerne zuvor lesen.« Damit öffnet er seine Mappe, entnimmt ihr einen Umschlag, den er Anne aufdrängt. Sie hält ihn lose in der Hand auf ihrem Schoß und rührt und regt sich nicht. Wartet auf das Aufwachen aus diesem Albtraum, sieht durch den Mann, der ihr in so kurzer Entfernung gegenübersitzt hindurch, zuckt zusammen, als der plötzlich brüllt: »Du sollst den Brief lesen. Sofort!!!«

Ihre Fingerspitzen ziehen den Bogen aus dem Kuvert, falten ihn auseinander, ihre Augen lesen den Text in einer Handschrift, die von ihrer eigenen nicht zu unterscheiden ist. Fred kann nicht nur hervorragend zeichnen und malen, sondern auch Handschriften perfekt fälschen, und so lautet der Inhalt seines letzen Falsifikats:

»Mosbach-Reichenbuch, den 23. August 2000
Liebe Lilly,
Du meinst es gut und lieb, und ich weiß, dass ich dich sehr kränke, aber ich kann nicht mehr. Bitte verzeih mir, dass ich deine Ankunft nicht abwarten werde. Sei versichert, dass du durch das Avisieren deines Besuches keinesfalls den Zeitpunkt meines Abschieds von dieser Welt vorverlegt hast. Ich habe seit langem den heutigen Tag dafür bestimmt, an dem Fred in Stuttgart mit Markus verabredet ist, weil ich es in seiner Abwesenheit vollbringen muss. Ich habe ihm ebenfalls einen Brief geschrieben und alle Gründe dargelegt, die du aus meinem Brief vom Sonntag kennst. Leb' wohl, verzeih und glaube mir: So ist es gut.
Deine Anne«

Anne kann den Schock nicht besiegen, nicht einmal zu Schreien ist sie im Stande. Fred umarmt sie wie zum Tanze, und während er ihre Badetasche, in die er zuvor den »Abschiedsbrief« schob, ins

Schlauchboot wirft, schwingt er sich mit ihr – Rolle rückwärts – ins Wasser. Er schwimmt zwanzig, dreißig Meter weit raus. Verzweifelt versucht Anne, sich von ihm zu befreien, doch seine Faust hat sich fest um den geflochtenen Ledergürtel gekrallt. Er taucht ihren Kopf so lange unter, bis es genug ist – es dauert nicht allzu lange –, und schwimmt weit ausholend zum Boot.

Er hat es eilig, von hier fortzukommen, schon deshalb, weil das Wetter langsam unwirsch wird. Er hakt die Riemen aus den Dollen, deponiert sie auf den Bodenbrettern, startet den Außenborder und verlangt nach kurzer Anfahrt den 80 PS alle Kraft ab. In wenigen Minuten ist er am Ziel.

Der Bootseigner und Sohn erwarten ihn am Steg. Fred wirft ihnen die Vorleine zu und sagt:»Meine Frau ist doch nicht mit dem Schlauchboot unterwegs wie geplant, hat wohl ihr Programm umgestaltet.« Er springt ans Ufer und fährt fort,»ist auch nicht weiter schlimm, Hauptsache, sie ist bei dem aufziehenden Gewitter nicht da draußen.«

Während er seine Brieftasche zückt und dem Mann den vereinbarten Betrag aushändigt, setzt er erklärend hinzu:»Sie erwartet mich erst morgen aus Stuttgart zurück, drum hat sie im ›Eichwald‹ keine Nachricht für mich hinterlassen.«

Im nächsten Augenblick knallt ihm das infernalische Gelächter aller Teufel der Hölle um die Ohren. Eine Gruppe Menschen ist am Steg zusammengelaufen und deutet ins Wasser und ruft und gestikuliert.

Das Boot hat einen Körper im Schlepp. Eine tote Frau. Eine Schlaufe ihres geflochtenen Ledergürtels hat sich in dem zum Bootsrumpf hin gebogenen Endzinken der Badeleiter verhakt. Sie hebt und senkt sich im Rhythmus des Kahns mit den leichten Wellen zum Ufer hin, die langen blonden Haare fächerförmig ausgebreitet.

Axel Timo Purr
Meine glückliche Zeit mit Marnie

> She looks like the real thing.
> She tastes like the real thing.
> My fake plastic love.
> But I Can't Help The Feeling.
> I Could Blow Through The Ceiling.
> If I just Turn And RUN. and it wears me out.
> Radiohead *my fake plastic trees*

Ich habe einmal ein Buch gelesen. Das hatte einen eigenartigen Titel, der so gar nicht wie ein Kinderbuchtitel klang. Denn damals war ich noch ein Kind. Also in einem Alter, da einem unsere Eltern Bücher schenkten, die mit Altersvorschlägen versehen waren. Diese Altersvorschläge sollten Auskunft darüber geben, ab welchem Alter die Bücher zu verstehen seien. Ich sehe noch sehr genau die kleine Windflügelrose auf dem gelben Rücken des Buches vor mir. Dort und auf dem tiefen Blau des Buchdeckels war zu lesen: »Damals mit Marnie«. Obgleich ich die Obergrenze der Altersangabe bereits erreicht hatte – ich war zwölf Jahre alt –, verstand ich dieses Buch nicht. Ich erinnere mich dunkel an die beiden Hauptpersonen. Eine davon war Marnie, die in eine kleine Stadt zog. Dort lernte sie die Icherzählerin kennen, um aber schon bald, kaum dass ihre Freundschaft begonnen hatte, wieder wegziehen zu müssen. Ihrer Eltern wegen.

Es lag eine Melancholie über diesem Buch, die ich in jenem Alter noch nicht verstand, die mich jedoch unheimlich berührte und in einer bis dahin unbekannten Weise auch faszinierte. Es wurde von Schmerz und Leid erzählt. Nach der Freude über die kurze, aber glückliche Zeit der Freundschaft und des Zusammenseins kam das Leid der Trennung und die Einsamkeit – und ein Schmerz, der deswegen neu war, weil es die erste Freundschaft im Leben gewesen war, die ein Ende gefunden hatte. Und das war auch das Ende des Buches.

Obwohl ich heute um all die Dinge weiß, von denen in diesem

Buch geschrieben stand, bin ich nicht viel klüger. Auch heute bin ich an einem Punkt angelangt, an dem ich nicht weiter weiß. Was ich weiß ist, dass wir allesamt loser und creeps sind. Wir wissen zu viel. Karsten, Mats, Frank und Ender. Aber auch Sabine, Moni und Karla. Allesamt und für allezeit. Mal kraft- dann wieder sanglos plätschern wir unserer Wege. Hirngespinste unserer Freiheit im Kopf. Pralle Bilder, große Welten. Hilft uns, über die nächsten Tage, Wochen, Jahre zu kommen. Die Liebe hält nicht ewig, kein Beruf ist für immer. Stets am Basteln. Bitter manchmal. Aber es geht nicht anders. So sind wir halt. Zur Freiheit verurteilt. Kinder der Freiheit.

Ich war immer schon ein bisschen anders. Nicht ausreichend zwar, um mir neue Freunde zu suchen, aber wie soll das auch gehen: Die Generationen wechseln wie Häuser, *generation swapping?*

Ohne je etwas anderes versucht zu haben – was auch, Herrgott nochmal! –, frage ich mich, da ich ja wieder einmal nicht mehr weiter weiß, ob ich nicht doch weiter machen soll. So wie bisher halt. Dem Rauschen im Blätterwald – fast schon ein Sturm ist es, findet ihr nicht? – endlich wieder mein Gehör schenken soll. Da macht es mir nichts, dass ich schlimmer als am Anfang dastehe. Schlimmer als sogar damals. Damals, als Marnie starb.

Denke ich heutzutage an Marnie, dann weiß ich bei allem Schmerz immerhin, dass es sich nicht lohnt, sich deswegen gleich das Leben zu nehmen. Dass mein, unser Leben vielleicht doch von Idealen, unseren großen Träumen getragen werden kann.

Denn meine Erinnerung an Marnie ist stark. So stark, dass Marnie manchmal fast wieder zum Leben erwacht. Dann erscheint mir die Kinderbuchlektüre und mein erwachsenes Leben nicht mehr verwunderlich. Was es ja sollte bei dem seltsamen Wiederauftauchen dieses Namens in meinem Leben. Dann fühle ich ihr nasses, blondes, kühles Haar sich auf meine Schultern legen und ich genieße ihre samtene, erfrischende Haut auf meinem erhitzten Körper.

Ich liebte ihre Brüste und ich liebte es, mit ihr zu schlafen. Und ich liebte unsere – wie unwahrscheinlich das auch klingen mag – liebte ich unsere regelmäßig gemeinsamen Höhepunkte. Es gibt sie noch, sagte ich damals zu Ender, der mich daraufhin nur ungläubig musterte, es gibt sie noch, die große, ewige Liebe, nach der wir uns doch alle sehnen!

Ich war auf einer kurzen Geschäftsreise gewesen, als ich sie tot in meiner Wohnung gefunden hatte. Ein grundloser Tod, den ich zu verhindern gewusst hätte, wäre ich nur einen Tag früher nach Hause gekommen. Die ersten Wochen nach ihrem Tod waren schwer für mich. Mühsam hielt ich mich beisammen. Keinem konnte ich davon erzählen, mir die Last von der Seele reden. Stattdessen stürzte ich mich in Routinearbeiten, die ich gewissenhaft ausbaute. Wir kennen das alle. Nachdem ich stundenlang gekocht hatte, aß ich nur ein paar Brocken. Ich genoss den Gewichtsverlust und das ständige Hungergefühl und die aufkommende Schwäche. Sie waren meine Verbündeten im Kampf gegen den Schmerz. Ich putzte selbst während des Kochens den kleinsten Fettspritzer von Kochfläche und Kacheln.

Fusseln und Staubflocken, Schlieren und Spritzer traten plötzlich ins Zentrum meines Lebens. So wie die Nacht und der Tag nebeneinander stehen und sich im Wechsel kurz berühren, so ging das bei mir mit dem Kochen und mit dem Putzen.

Trotzdem nahm meine Unruhe zu. Was mich bedrückte, war Folgendes: Mein Gott, dachte ich, fünf Jahre hatte ich mit Marnie zusammengelebt, aber was wusste ich schon von ihr? In vielen Partnerschaften mag das ja der Normalfall sein, aber wie ich bereits erwähnte, war – und bin ich ein wenig anders.

Sie hatte mir nie etwas von ihrer Familie erzählt. Hatte ich sie je danach gefragt? Ihre Scheiß-Familie! Ihre beschissene Scheiß-Familie! dachte ich. Aber dann auch wieder nicht. Nein, ganz und gar nicht. Und umso grauer die Tage wurden, desto euphorischer wurde ich bei dem Gedanken an ihre Familie.

Ich hatte Marnie in der Kleinstadt kennen gelernt, in der ich auch noch heute lebe. Dort musste sie auch aufgewachsen sein. Ich suchte unter *www.teleauskunft.de* ihren Familiennamen. Die Seiten kamen schleppend hoch. Aber doch mit Ergebnissen. Ich druckte gut drei Dutzend Nummern aus und verließ die Wohnung. Wegen der Möglichkeit, dass mein Anruf zurückzuverfolgt werden könnte, machte ich mich auf den Weg zu einer Telefonzelle. Jeder creep und jeder loser redet doch heute schon von Klopfen, Trommeln, Makeln und der Nummer des Anrufers auf seinem Display.

Ich stand in der Telefonzelle. Autos rauschten dumpf vorbei. Ich bewunderte eine weitere Variante öffentlichen Telefondesigns. Und ich wählte. Aber vor lauter Aufregung konnte ich die erste Nummer nicht zu Ende wählen. Mein Magen drückte auf den Darm und ich rannte in die Wohnung zurück.

Erst nach vielen weiteren, immer schräger und beklemmender daherkommenden Tagen schaffte ich es endlich. Ich schätzte meine Chancen damals sehr günstig ein und dachte nicht einmal daran, dass Marnie keine Schwester haben könnte. Und da ich es nun endlich geschafft hatte – das ist immer so bei mir: langer Anlauf, intensive Ergebnisse –, telefonierte ich wie ein Besessener; stets mit der gleichen Entschuldigung eines imaginären Ordnungsamtes, welches fehlerhafte Daten zu korrigieren wünscht. Das Ganze verlief ohne Probleme. Die Leute waren auskunftsbereit und erzählten mir Dinge, die sie ihren besten Freunden kaum anvertraut haben mochten.

Obwohl ich nach zwanzig Anrufen immer noch keinen positiven Bescheid auf eine Tochter namens Marnie hatte, fühlte ich doch noch das gleiche Feuer der Gewissheit in mir brennen, das mich von Anfang an begleitet hatte.

Bei einer der nächsten Nummern hatte ich dann endlich Erfolg. Nach meiner einleitenden Frage erhielt ich eine positive Antwort. Und die nicht einmal traurig. Trotz des kürzlichen Todes, von dem sie allerdings wussten, woher auch immer sie es erfahren haben mochten.

Ich fragte dann kühl und gefasst und bereit, nach einer negativen Reaktion sofort aufzulegen: »Uns fehlt allerdings die Anschrift ihrer Schwester. Sie müssen verstehen: die ganze Datenbank ist uns abgestürzt und aus unerfindlichen Gründen nicht ohne Datenverlust. Sie wissen ja wie das ist mit den Computern.«

Ohne zu zögern, mit diesem seltsamen Respekt vor Ämtern im Unterton, gab die Mutter, Marnies Mutter, Auskunft.

»Die Melissa meinen sie! Ja, die wohnt seit drei Jahren schon nicht mehr bei uns; wollen sie das Datum auch haben?«

Freundlich, aber bestimmt harkte ich mir alle Informationen heraus und war mehr als zufrieden, als ich auflegte. Ich hatte die Adresse (gleiche Stadt), wusste von ihrer Arbeit (Verkäuferin in einem Supermarkt) und dass sie sich gerade von ihrem Freund getrennt hatte. Das arme Kind, hatte ihre Mutter geklagt, so ganz allein in der weiten Welt.

Erst jetzt begann ich langsam zu ahnen, wie gering meine Chancen ursprünglich gewesen waren. Wie absurd diese ganze Aktion eigentlich war, wie endlos hirnverbrannt und doch: von Erfolg gekrönt. Ruhe, nur Ruhe sagte ich mir. Noch hast du sie nicht. Aber schon einen Augenblick später meinte ich sicher zu wissen, dass, wenn ihre Schwester mich geliebt hatte, es Melissa ebenso tun würde. Ich war derart zuversichtlich und guter Dinge, dass ich irgendwie handeln musste. Ohne einen Gedanken an das viele Geld zu verschwenden, kaufte ich mir die schönste Badezimmereinrichtung, die ich an jenem Nachmittag auftreiben konnte. Sie sollte innerhalb von zehn Tagen geliefert werden.

In den folgenden Tagen korrigierte ich einige meiner Nachlässigkeiten in der Agentur. Ich verkaufte innerhalb einer Woche mehr Wintergärten, als ich es das halbe Jahr der Trauer über getan hatte. Immer wieder hielt ich mir dabei jedoch vor, nur nichts zu übereilen. Take it easy, take it as it comes. Ich versprach mir, mit einem Treffen so lange zu warten, bis das neue Badezimmer gerichtet sein würde. Zwar brachte ich mit diesem Entschluss die zuständigen Angestellten und Handwerker des Geschäfts, bei dem ich gekauft hatte, an den Rand ihrer guten Vorsätze, aber nach nur vier Tagen sonnte ich mich bereits im Glanz spiegelnder Kacheln. Ich betrachtete die geräumige Badewanne voller Freude und dachte mit einer plötzlichen Schwermut an Marnie. Ich sah mein eingefallenes Gesicht auf dem matten Weiss schwach gespiegelt. So schwach und matt wie mein gegenwärtiges Leben, das so sehr im Gegensatz zu meiner glücklichen Zeit mit Marnie stand.

Der Supermarkt, in dem Melissa als Verkäuferin arbeitete, lag zwar nicht in unmittelbarer Nähe meiner Wohnung, aber es wurde mir ein Leichtes, diesen Umstand zu vergessen.

Mit der gleichen bangen und fiebrigen Erregung wie vor den Telefonaten betrat ich eines Morgens den Supermarkt und blieb – ich hatte kaum den Sensorenbereich der automatischen Tür verlassen – wie angewurzelt stehen. Sie saß an der zweiten Kasse. Das Geschäft war leer. Traumverloren blickte sie auf den Sonderangebotsposten eines Waschmittels, wobei ein wehmütiges Lächeln ihre klare Schönheit unterstrich. Erst beim Bezahlen meiner Milch sah ich, dass sie schneller als Marnie gealtert war. Aber so wunderschön, dass jede der kaum sichtbaren Falten mehr Schmuck als eins der so gefürchteten Zeichen des Alters war.

Wie sich jeder denken kann, lag der Sinn der nächsten Wochen für mich im Einkaufen.

Alle zwei Tage und zwar zu Zeiten, da ich ihrer Anwesenheit an der Kasse sicher sein konnte und außerdem nicht zu viele Leute den Stern meiner Aufmerksamkeit beanspruchen würden, alle zwei Tage also ging ich einkaufen und kaufte bei weitem mehr, als ich tatsächlich brauchte. Nach drei Wochen begrüßte sie mich erstmals mit einem Lächeln. Zwei weitere Wochen brauchte es bis zu unserem ersten Gespräch, in dem ich auf ihre Frage: warum ich zu so ungewöhnlichen Zeiten und dermaßen oft einkaufen ginge, von meinen Beruf als Wintergartenverkäufer erzählte.

Und endlich, nach den zarten, aufregenden Wochen des Kennenlernens trafen wir uns zu unserem ersten gemeinsamen Abend. Ich führte sie dazu ins MAX, eines der Lokale, in denen ich mich gern mit meinen Freunden traf. Nicht ohne Wohlwollen bemerkte ich die erstaunten Blicke einiger Bekannter. Du warst da, Ender, zusammen mit Karsten, Frank und Mats. Aber auch Kati, Moni und Lydia sah ich. Alle wart ihr da, aber diskret wie immer habt ihr nur kurz gewunken: Hi Tom, wie geht's, und tschüss, bis dann mal.

Melissa war an jenem Abend wie ausgewechselt. Sie war nicht mehr die schüchterne Kassiererin, sie war nicht still. Sie erzählte von Filmen, die sie in letzter Zeit gesehen hatte, von Theaterstücken, die ihr gefielen und von ihrem langjährigen Freund, der mit einem neuen Job ein neues Leben begonnen und damit auch das Interesse an ihr verloren hatte. Leidenschaftlich erzählte sie. Voller Euphorie, Wut und Bitterkeit.

Irgendwas ärgerte mich an dieser lebendigen Art, über tote Dinge zu reden. Stach mich wie ein Schwarm Mücken. Und die Kraft, die es mich kostete, nicht zu kratzen, um die Wirkung des Gifts zu lindern, wuchs ins Unermessliche.

Irgendwann fragte ich sie, ob sie allein sei oder eine Schwester oder einen Bruder habe.

»Ja«, sagte sie zögernd, »eine Schwester«. Die Fältchen in ihrem Gesicht schienen sich zu vertiefen als sie weitersprach. »Marnie. Marnie ist nach einer gewöhnlichen Blinddarmoperation nicht mehr aus der Narkose erwacht. Und du kannst nicht wissen, was sie mir bedeutet hat. Nicht nur Schwester. Fünf Jahre sind das jetzt schon ...«

Sie verschränkte ihre Hände, dann brach sie ab. Ich tröstete sie mit ein paar lieben Worten und streichelte über ihr langes, blondes Haar, bis ein schüchternes Lächeln ihre Melancholie durchbrach.

»Magst du noch mit zu mir kommen?«, fragte ich. »Dann bist du nicht so allein mit deinen Gedanken.«

Ebenso zärtlich, wie ich sie gefragt hatte, sagte sie zu.

Mit einem bangen Gefühl in mir und einem Lächeln zu ihr, führte ich sie zu meinem Wagen. Ich nahm etliche Umwege. Ich fuhr Baustellenengpässe an und nahm den Weg über die Umgehungsstrasse. Ich brauchte einfach Zeit, um meinen schnellen Worten auch die Gefühle folgen zu lassen.

So, wie man das eigentlich nur mit Menschen tut, die auch in Zukunft noch am eigenen Leben teilhaben sollen, zeigte ich ihr jedes Zimmer meiner Wohnung. Gerührt nahm ich ihr überschwängliches Lob meines neu gekauften Badezimmers entgegen. Am liebsten, so lachte sie, würde sie gleich ein Bad in der riesigen Wanne nehmen. Ohne ein Wort zu verlieren, holte ich ihr ein Handtuch und sagte: »Nur zu, Melissa, dafür hab ich sie ja gekauft. Ich geh so lange ins Schlafzimmer und trink noch was!«

»Komm doch mit in die Wanne!«, schlug sie vor.

Aber ich bin nun mal nicht einer dieser spontanen Menschen, die sich jeder Situation nackt anvertrauen.

»Vielleicht später, aber lass mich erst noch ein paar Mails checken.«

Während Melissa sich Wasser einließ und ein Lied summte, fuhr ich den Rechner hoch und las die belanglosen Mails, die seit dem Nachmittag eingetroffen waren. Dann mixte ich Melissa einen Cocktail und bereitete eine kleine Süßspeise aus Eis und Früchten zu. Beides brachte ich ihr an die Wanne. Ihr Kopf ragte aus den Schaumbergen hervor wie ein Blume auf einer weiten Wiese. Sie freute sich so unbefangen über Cocktail und Eis, dass ich ihr einen scheuen Kuss auf den Mund gab.

Ich schlüpfte in meinen Schlafanzug, blätterte in einigen Büchern und hoffte insgeheim, Melissa würde die ganze Nacht baden.

Aber dann erschien sie doch. Nur mit einem Handtuch um die Hüften gebunden und einem sich anbietenden Lächeln. Ihre Brüste waren so schön wie jene Marnies. Als sie das Handtuch fallen ließ, überlegte ich kurz, wie oft genau diese Szene bereits in Büchern und Filmen fest gehalten worden war. Dieser Gedanke verwirrte mich.

Melissa kniete sich auf das Bett, knöpfte mein Oberteil auf und zog mir die Hose aus. Sie legte sich auf mich und schmiegte sich an meinen Körper, ihre warme Haut auf meinem kühlen Leib; ihr nasses Haar auf meinen Schultern. Das kitzelte ein wenig.

Aber meine Erregung blieb aus. Das überraschte mich nicht. Zu oft schon hatte ich diese Erfahrung gemacht und ebenso erfahren war ich mit meinen Entschuldigungen.

»Melissa, es tut mir Leid, aber das geht mir alles zu schnell!«

Mit dem verständnisvollsten Blick, den ich je gesehen habe – sie war halt Marnies Schwester –, unterbrach sie mich: »Was dir Leid tut ist doch kein Leid. Es ist doch viel schöner so, wir haben doch alle Zeit der Welt.«

»Mein Gott, ich versuchs zu verstehen!«, sagte ich. Wie Recht sie doch hatte. Aber Niederlagen wie diese können nicht durch Verständnis aus der Welt geschafft werden. Zu unerreichbar tief sind unsere Strukturen hier vergraben. Bemüht sprach ich weiter: »Weißt du, ich muss lernen, meine Arbeit nicht mehr so ernst zu nehmen. Mein ganzes Leben im Grunde. Deswegen fällt mir auch das jetzt hier schwer. Nicht dran zu denken. Mein Gott! Vielleicht hilft ja so was wie Urlaub mir endlich mal auf die Sprünge.«

Sie küsste mich auf die Stirn, dann auf beide Augen und sagte: »Mir geht es genauso, Tom. Schon seit Jahren. Scheiße, dass man nicht von heute auf morgen Urlaub machen kann. Scheiß-Arbeit!«

Also träumten wir vom Urlaub. Wir dachten uns Ziele aus und erzählten uns von den schönsten Urlauben der letzten Jahre. Strände, Berge, Städte, Meer und Wüsten. Ja, Wüsten – und Durst haben und noch einen Cocktail. Ich ging dazu in die Küche und mischte ihr die Dosis in den Cocktail, die nötig war, um dieses falsche Spiel zu beenden.

Ich glaube, sie schlief mit den Stränden Mexikos vor Augen ein. Ohne ein Zittern, ohne jeglichen Schmerz. Erleichtert zog ich meinen Schlafanzug wieder an, ließ das Badewasser ab, und nachdem ich die Wanne von den Resten der Lotion gereinigt hatte, füllte ich sie wieder mit Wasser. Zwei Drittel voll. Kaltes Wasser.

Ich löschte das Licht im Bad und in den übrigen Zimmern und trat dann zu Melissa, um ihren Puls zu fühlen. Sie war bereits tot.

Plötzlich überkam mich eine Welle der Erregung. Ich strich durch ihr noch nasses Haar und liebte sie wie eine Biene den Kelch einer im Morgentau gepflückten Rose.

Beruhigt schlief ich ein. Meine rechte Hand lag auf ihrem weissen, zarten Bauch.

Am nächsten Morgen sprang ich, leicht und ausgeglichen wie schon lange nicht mehr, aus meinem Bett und setzte die Karbollösung in dem kalten Wasser an. Mehrmals prüfte ich den Stöpsel auf seine Dichtigkeit. Nicht noch einmal wollte ich einen geliebten Menschen durch einen undichten Stöpsel verlieren und halb verwest auffinden.

Dann trug ich Melissa zur Wanne, legte sie behutsam in die Lösung und ließ sie, bedeckt von Karbol und schimmernd wie Dornröschen in seinem gläsernen Sarg, zurück.

Aber ich war nicht ganz zufrieden. Etwas beunruhigte mich. War es die fehlende Erregung nach dem Aufwachen gewesen? Ich sollte mir nichts einbilden. Nein, nur nichts einbilden. Die letzten Wochen waren aufreibend genug gewesen. Also fuhr ich ins Büro.

Am Abend holte ich Melissa aus ihrer Lösung und legte sie auf mein Bett. Ich zog mich aus, aber nichts geschah. Stattdessen meinte ich ihre Worte vom Vorabend zu hören. Ich sah sie an einem einsamen Strand ins Meer laufen und stellte sie mir zusammen mit Marnie in wildem Fangspiel vor.

Ich übergab mich fast, mein kotzendes Übel bleischwer im Schädel. Langsam hob ich Melissa von meinem Bett und trug sie zurück. Behutsam tauchte ich sie in ihr kühles, so geliebtes Bad.

So habe ich es seitdem schon oft versucht und denke doch an nichts anderes als an unseren gemeinsamen Abend. Oder an Marnie und wie ich sie kennen lernte, damals in dem großen Leichensaal der kleinen medizinischen Fakultät, mit den 400 anderen um sie herum, von denen sie mich erwählte. Und ich sie.

Renate Müller-Piper
Tinas Tod

»Hier, komm, wickel mir mal was drum ...«
Gesine fährt zusammen, die große weiße Suppenterrine – ihr ganzer Stolz – rutscht ihr aus den Händen, zersplittert auf dem steinernen Fußboden. Übermütig springen die Scherben in alle Ecken, große Scherben, mittelgroße, winzige.
Gesine starrt abwechselnd darauf und auf Ottos blutende Schnittwunde unter dem linken Daumen.
»Mädchen ...«, hört sie ihn sagen, und sie spürt sein Bemühen um Besänftigung, »Mädchen, bleib ganz ruhig. Wir schaffen das schon. Wir haben immer alles geschafft, wir beide. Erstmal kommst du mit dem Verbandszeug, aber fall nicht in die Scherben, sonst ...«, augenzwinkernd versucht er, sie mit einem seiner üblichen Witzchen aufzuheitern, »sonst machen wir da drüben in unserer Gaststube ein Lazarett auf. Eine tüchtige Tochter, die uns pflegen könnte, haben wir ja. Unsere Elsbeth braucht dann bloß eine weiße Schürze umzubinden und eine Haube auf den Kopf zu setzen.«
Gesine nickt lahm. Seine Scherze – heute nichts als Galgenhumor! Schwerfällig sucht sie sich einen Weg über den Scherbenteppich, hastet zurück mit Jodtinktur, Mullbinde und Pflaster.

Gesine weiß mit Verbandszeug umzugehen.
»Tut es sehr weh, Otto?«
»Mädchen«, Otto zieht sie mit der schnell verarzteten linken Hand an sich, »so was wirft mich doch nicht um. So was nicht. Das kann doch einen Seemann nicht erschüttern. Das Messer ist mir abgerutscht, als ich die zwanzig Filets für die Geburtstagsgesellschaft heute Abend schneiden wollte. War wohl nicht ganz bei der Sache.«
Gesine heult los, schmiegt sich an ihn. Nicht wieder loslassen. Augen und Ohren dicht machen. Am besten, einfach nicht mehr vorhanden sein. Aufhören zu atmen.

»Setz du dich erst mal hin!«, bestimmt Otto, drückt seine bibbernde

Frau auf den eichenen Küchenstuhl am Fenster zum Hof, kehrt fix die Porzellanscherben zu einem Häufchen zusammen, auf das Kehrblech, und lässt die einstige Pracht scheppernd in den Abfalleimer rutschen.
»Mädchen, jetzt braue ich uns einen Kaffee, der Tote wieder lebendig machen würde ...«
»Aber, ich muss doch ...«
»Musst du nicht.«

Das Telefon.
Otto zögert, gibt sich dann einen Ruck, tut die fünf Schritte in die geräumige erdbraun getäfelte bäuerliche Diele.
»Gasthaus Wille«, hört Gesine ihn sagen. Und dann: »So kurzfristig? Ach, so ist das.«
Stille.
Wo bleibst du denn, will Gesine rufen, aber sie weiß ja, warum er noch in der Diele steht, weshalb er keine Eile hat, ihr wieder in die Augen zu sehen.
»Sie haben abgesagt – so ist es doch, nun sag schon«, stammelt sie, als er Minuten später das Fleisch zum Einfrieren fertig macht.
»Ist vielleicht besser so. Auf die giftigen Blicke, die dummen Fragen können wir verzichten. Und an den Bettelstab bringt es uns nicht, wenn Fritz Dehrmann seinen Fünfzigsten woanders feiert.«
Otto Wille ist bemüht, langsam zu sprechen, gelassen. Es gelingt ihm nur stümperhaft.
»Fritz? Ausgerechnet Fritz und Grete! Sind sie nicht unsere besten Freunde? Seit der Schule schon? Ich kann es nicht glauben. Und warum? Auf einen bloßen Verdacht hin ...«
»Es wird sich alles aufklären, Mädchen, ich weiß es, du weißt es. In Grund und Boden werden sie sich dann schämen, unsere besten Freunde. Auf Knien werden sie liegen vor uns.«
Otto streicht seiner Frau über die Schulter, zurrt den Verband an seiner Hand fester, verstaut dann das Fleisch drüben im Kühlraum, bindet sich die Arbeitsschürze ab.
»Komm, hier haben wir nichts mehr zu tun. Ich habe für heute dichtgemacht.« Er zieht Gesine vom Stuhl hoch, schiebt sie durch die ungewohnt ruhige Küche, durch die Diele mit den behäbigen Schränken und Truhen von Gesines Vorfahren, in das Wohnzimmer gegenüber der leeren Gaststube.

Da fallen sie dann schwer nebeneinander auf das Sofa. Hand in Hand kleben sie an dem blattgrünen Velour, als seien sie, die stets Tätigen, dazu verflucht, einfach nur zu warten.
Und da ist ja auch was dran, sie warten tatsächlich.
»Möchtest du – was hältst du von einem kleinen Likör, Mädchen, von einem Grand Marnier meinetwegen?«
»Nee, lass man. Du, ich kann hier auch nicht länger so rumsitzen. Der Vorgarten – komm, wir nehmen uns mal die Beete vor, und die Hecke muss auch geschnitten werden. Jetzt haben wir Zeit dafür. Oder kannst du nicht – mit deiner Hand?«
»Vielleicht hast du Recht – wenn wir hier sitzen und das Telefon anstarren, klingelt es auch nicht eher. Und meine Hand – das geht schon. Ich passe auf, dass keine Erde reinkommt. Und wenn – meine Tetanusspritze wirkt noch ...«

Gesine erhebt sich, steckt ihre kastanienbraunen Haare fester im Nacken zusammen, streicht ihren wadenlangen blauen Leinenrock glatt.
Otto nimmt sie wieder in die Arme, behutsam. Dass ein Bär von einem Mann so sanft sein kann, hat Gesine immer schon den Atem verschlagen. Sie reicht ihm gerade knapp bis zum Kinn. Man würde sich nicht wundern, wenn der riesige rotblonde Otto seine zierliche Gesine auf seine breiten Schultern hieven würde, damit sie sich nicht müde läuft.
Es erfüllt Gesine mit Stolz, mit trotzigem Stolz, dass sie sich so lange schon, über ein Vierteljahrhundert, gut aufgehoben fühlt an Ottos Seite. Keine sechs Monate hatten Gesines Eltern ihrer Ehe geben wollen. »Der will sich doch nur ins gemachte Nest setzen! Treibt sich jahrelang auf See herum, als so genannter Steward, dann steht er hier wieder in der Tür, hat nichts auf der Kante und will gleich die Tochter vom Chef heiraten.«
Na, als Gesines Leib dann unübersehbar an Umfang zunahm, als ihr Jan sich ankündigte, hatten die Eltern klein beigegeben. Und je mehr sie auch später noch an Otto herumnörgelten, desto unabdingbarer stand Gesine zu ihm. Ist er nicht ein Glücksfall für sie? Immer strahlender Laune, immer das richtige Wort zu den Gästen! Und was er an Bord alles erlebt hat! Wenn er den Gästen Bier und Korn einschenkt, kann er selbst natürlich nicht stocknüchtern bleiben, ein

Wirt muss schon mal mittrinken. Aber bis zu ihrem Tod wollten die Alten ihm auch deswegen an den Kragen. Na, damit ist Schluss. Endlich.

Als Gesine in der Küche ihre grau-schwarz gestreifte Gartenschürze umlegen will, hält sie plötzlich inne: »Du, dann … arbeiten wir ja genau an der Straße, da, wo alle vorbeikommen …«
»Na und? Sollen wir uns etwa verstecken? Warum? Vor wem? Das wäre ja …! Komm, wir gehen.« Otto sieht sie beschwörend an.
»Mädchen, wir müssen gehen.«
»Ich kann nicht.«
»Komm, wir sind es uns schuldig. Und Jan auch.«
»Jan! Wenn er nun gerade anruft, während wir draußen …?«
»Wir lassen die Türen offen, dann kann nichts schief gehen. Komm.«

Otto schnappt sich die Arbeitsgeräte in dem Raum neben der Küche und geht voran, durch die breite Haustür in den Vorgarten.

Als Gesine ihm, die jeansfarbenen Gartenhandschuhe und den abgestoßenen braunen Emailleeimer in der Hand, folgen will, schiebt Otto sie plötzlich wieder ins Haus zurück. »Lass man, ich glaube, es regnet gleich.«

Zweifelnd schickt Gesine einen Blick ins Vorfrühlingshimmelblau, sieht dann ihren Otto mit jenem Gesichtsausdruck an, der keine Verharmlosung duldet, und tritt vor die Haustür, tastend, als gehe sie über brüchiges Eis.

Sie braucht ihre Augen nicht lange suchend herumzuschicken. Da, unter dem Fenster neben der Haustür! Sechs große schwarzverschmierte Buchstaben: MÖRDER!

»Jan ist kein Mörder«, flüstert sie, schreit sie und stürzt an den Holzzaun, lehnt sich weit darüber, sucht mit den Augen die Dorfstraße nach beiden Seiten ab, als könne sie den Schmierfinken noch am Ärmel packen.

Otto führt sie zurück ins Haus. Gesine fröstelt.

»Otto, du glaubst doch auch an seine Unschuld? Los, sag es«, stammelt sie, als die beiden sich wieder auf das Sofa geflüchtet haben.

»Ja, natürlich ist er unschuldig. Das klärt sich alles auf. Wenn er bloß mal anrufen würde und sich einen Rat von uns holte. Wenn er bloß nicht mit seinem Auto verschwunden wäre, damit macht er sich unnötig verdächtig, für die Leute, für die Polizei, für die Aasgeier von der Zeitung.«

»Du wirst sehen, er ist auch ermordet – wie Tina.« Gesine schlägt die Hände vors Gesicht. »Du, Otto, ich halte es nicht mehr aus. Hätte Jan doch auf mich gehört und nicht noch mal den Versuch gemacht ... Tina hatte ihn verlassen, endgültig. Schluss. Ende. Aus. Aber er wollte es einfach nicht wahrhaben. Immer wieder war er hinter ihr her. Telefonierte, schrieb, passte sie ab. Er hat sich lächerlich gemacht zuletzt. Dabei, er hätte jede haben können. Petra zum Beispiel, Petra Wulff. Die hätte viel besser hier in unseren Betrieb gepasst, weil sie auch aus einer ländlichen Gastwirtschaft kommt. Aber Tina? Konntest du dir die Tag für Tag am Herd vorstellen? Na, bedienen ... das wäre noch das Einzige gewesen. Da wäre sie vielleicht die Richtige gewesen.

Warum hat er sich bloß so auf sie versteift? Schon als die beiden zusammen in den Kindergarten gingen, hat er immer gesagt, wenn wir groß sind, heiraten wir. Keine andere hat er angeguckt, die ganzen fünfundzwanzig Jahre, die er alt ist. Er ist wie seine Mutter, wie ich.«

»Magst du – mochtest du – Tina denn gar nicht? Das hast du dir gar nicht so anmerken lassen.«

»Doch, doch, sie war ein ganz nettes Mädchen. Dir hat sie ja auch schöne Augen gemacht, oder? Aber, sie passte nicht so richtig zu Jan und nicht in unser Haus. Sie gehörte mitten in die Großstadt, und die letzten Jahre hat sie ja auch in Hannover gearbeitet. Bei diesem Juwelier am Kröpcke.«

»Tina war sehr schön.«

»Ja, wie eine Prinzessin war sie. Jan hat sie immer ›meine Grace Kelly‹ genannt. Die brauchte einen Königssohn, aber keinen Gastwirt aus einem Heidedorf.«

Otto starrt Löcher in den rotgrundigen Perserteppich vor sich, presst seine riesigen Fäuste gegeneinander. »Der Mensch will nun mal oft gerade das, was ihm nicht so gut tut und wovon er lieber die Finger lassen sollte.«

»Ach was. Wir hätten ihn ernsthafter ins Gebet nehmen sollen. Besonders, als Tina ihm den Verlobungsring vor die Füße geschmissen hatte. Wir hätten ihm da mehr beistehen müssen.«

»Mach dich nicht verrückt, Mädchen, du hast es doch versucht, aber er wollte nicht darüber sprechen. Das schaffe ich schon allein,

hat er immer gesagt, ganz stur. Das kommt alles wieder in die Reihe, hat er immer gesagt.«
»Stimmt. So war es. Trotzdem – er hätte uns noch mehr gebraucht. Aber in der letzten Zeit habe ich dann auch geglaubt, er ist darüber weg.«
»Hab ich auch gedacht. Er war ja wieder ganz fröhlich, fast wie früher.«
»Wohl nur, weil er Tina zu diesem Unglückstreffen vorgestern überreden konnte …«
Otto rutscht auf seinem Platz hin und her, hebt ratlos die Hände, steht auf, verlässt den Raum, kehrt mit zwei Gläsern und zwei angebrochenen Flaschen aus der Gaststube zurück.
»Na, was meinst du, Mädchen? Korn oder doch Likör? Likör ist was für Damen. Wir brauchen jetzt so was, komm.«
Gesine wehrt ab. Ihr ist schon ohne das Zeug übel.

Achselzuckend öffnet Otto die Schnapsflasche, als das Telefon schrillt und Gesine ihn fast zu Boden stößt, so ungestüm rennt sie zu dem Apparat, reißt den Hörer ans Ohr.
»Sie schon wieder! Lassen Sie uns in Ruhe! Und – wir werden Sie verklagen, unser Sohn ist unschuldig! Was sind Sie bloß für Menschen!«
Gesine lässt den Hörer auf die Gabel fallen, bebt vor Wut, vor ohnmächtigem Zorn.

Otto steht sekundenlang wie versteinert, zieht dann Gesine wieder an sich, streicht ihr über den Scheitel. »Noch mal die von der Zeitung?«
Gesine nickt.
»Du, Mädchen, schadet es uns nicht, Jan vor allem, wenn wir die Schreiberlinge so beschimpfen? Nächstes Mal lass mich mit denen reden.«
»Mit denen reden wir überhaupt nicht mehr.« Gesine zieht den Kopf ein, huscht zu dem geschnitzten Eichenbüffet. In der mittleren Schublade links bewahrt sie die Familienfotografien auf. Über sein Abbild muss sie Kontakt aufnehmen zu Jan, zu ihrem Sohn, der hinter einem Dickicht rätselhafter Vorgänge verschwunden ist, unerreichbar.

Da! So fing es an! Gesine mit Jan im Wochenbett. Elf qualvolle Stunden lagen hinter ihr, so muss es sein, wenn man gefoltert wird. Aber als sie Jan dann umfassen konnte, ihr erstes Kind, ein Kind von Otto, hätte sie mit keiner Königin getauscht. Außerdem – denen bleibt das Kinderkriegen ja auch nicht erspart. Gesine und ihr Sohn – immer eine verschworene Gemeinschaft. Sie sind einander ähnlich, verstehen einander ohne viele Worte, jeder geht behutsam und liebevoll mit dem anderen um.

Und jetzt?

Gesine löst ein neueres Porträtfoto ihres Sohnes von einem Albumblatt, lehnt es an die cremefarbene Fürstenbergvase auf der Anrichte gegenüber dem Sofa und lässt Jan nicht aus den Augen.

Dieser Junge, ein Mörder? Allein der Gedanke erscheint ihr ungeheuerlich, schon diese Frage bedeutet Verrat. Aber immer gewisser wird auch, dass etwas Unfassbares ihn hindert, sich zu Hause zu melden. So was passt nicht zu ihm.

Gesine springt auf.

»Er ist tot, es gibt keine andere Erklärung!«, schreit sie. »Er ist ermordet wie Tina, oder entführt. Sein neuer Wagen – auf so einen BMW sind die Gangster scharf. Heutzutage kann man nur noch in einer Klapperkiste herumkutschieren.

Otto, wir müssen irgendetwas unternehmen. Lass uns noch mal die Strecke abfahren, bis hin zum Stausee, wo sie Tina gefunden haben, da zwischen den Steinen am Ufer. Bitte!«

»Noch mal? Das bringt nichts. Die Polizei hat jeden Grashalm untersucht. Und außerdem – das Telefon?«

»Gut, ja, ja, wir warten, bis Elsbeth kommt. Wo bleibt sie? Sie müsste längst hier sein. Wie spät ist es?«

Gesine greift dahin, wo Otto die goldene Uhr ihres Vaters zu tragen pflegt. Römische Ziffern auf weißer Emaille.

»Wo ist die Uhr?«

Otto tastet die Stelle ab, lächelt: »Die Uhr? Habe ich heute gar nicht dran gedacht. Die muss oben liegen.«

»Dann hol sie.«

»Ist das denn jetzt wichtig, Mädchen?«

»Ja.«

Gleich darauf hört sie Ottos schwere, zögernde Schritte auf der Treppe, im Schlafzimmer.

»Na, wo hast du sie diesmal verkramt?«, fragt Gesine, als Otto wieder in der Tür steht, jetzt in seiner zugeknöpften Strickjacke. »Frierst du?«

»Ja, ein bisschen.«

»Und Vaters Uhr? Ich habe sie dir doch geschenkt – später soll Jan sie erben. Und dir liegt gar nichts dran. Sie macht was her, aber immer muss ich dich drängen, dass du sie anlegst.«

»Die Uhr soll zum Uhrmacher. Du weißt, der Kettenverschluss – er geht immer auf.«

»Na, dann ist es besser, du lässt sie oben in der Schublade. Wo Elsbeth bloß bleibt? Spielt die ganze Welt verrückt? Ist der auch was passiert?«

»Du, Elsbeth hat vorhin angerufen, als du zum Friedhof warst. Sie bleibt heute in Uelzen, bei einer Kollegin. Du musst das verstehen, sie will ihr Foto nicht noch mal in der Zeitung sehen: Die Schwester vom Stausee-Mörder. Und sie lungern hier ja rum, diese Schmierfinken.«

»Sie lässt uns allein? Das hätte Jan nie …« Gesine bricht ab, senkt den Kopf.

»Für sie ist es so am besten, Mädchen. Ich habe ihr zugeredet.«

Gesine hebt das veilchenblaue Samtkissen aus dem Fernsehsessel, zerrt die darunter lauernde Zeitung hervor, breitet die raschelnden Blätter auf dem Tisch aus.

»Quäl dich nicht so.« Otto versucht, ihr die Blätter unter den Händen wegzuziehen – vergeblich. Immer wieder hackt Gesine mit dem rechten Zeigefinger auf den Bericht »Tod am See« ein. «Hier steht doch, dass Tina womöglich einen neuen Freund hatte. Sie soll von einem älteren Mann geschwärmt haben, der sich ihretwegen scheiden lassen wollte. Aber keiner weiß, wer das ist. Das müssen wir rauskriegen!

Und hier steht auch, dass unklar ist, ob Tina unglücklich gestürzt ist, mit dem Kopf auf den Stein, neben dem man sie fand, oder ob sie gestoßen wurde. Kann man das überhaupt klären?«

Gesine wüsste nichts mit den Namen Maigret oder Marlowe zu verbinden, dennoch spukt die Idee, einen Privatdetektiv zu engagieren, durch ihre sich überschlagenden Gedanken.

»Was meinst du dazu, Otto? Die Polizei kriegt doch nichts raus. Die haben ja gar nicht die Möglichkeiten.«

Otto schüttelt stumm den Kopf, gießt sich noch einen Hardenberger Weizen ein. Breitbeinig hockt er auf einem der hochlehnigen Stühle am Esstisch, die Pranken auf der Tischplatte. Er kann nicht stillsitzen, erhebt sich halb, lässt sich wieder auf den brüchigen Ledersitz fallen.

»Ich gehe mal raus und wische die Schmiererei ab«, murmelt er endlich.

»Das sitzt fest, das soll ja auch jeder lesen, und nicht nur heute«, zischt Gesine. »Aber versuchen können wir's ja.«

»Bleib du man im Haus«, entscheidet Otto, nimmt Gesines Kopf in seine Hände und küsst sie auf den Mund.

Das hat er schon Wochen nicht mehr getan, Gesine klammert sich an ihn. Wie auf dem Bahnhof, denkt sie, zum Abschied, wenn einer wegfährt ohne den anderen.

Gesine verkriecht sich im Bügelzimmer, die Türen zum Telefon sperrangelweit offen.

Ekstatisch plättet sie Berge von Unterwäsche, Handtüchern, ja sogar Berge von Tischtüchern und Bettwäsche, die sie sonst in die Heißmangel trägt. Sie verbrennt sich die Finger, sengt den handgewebten weißen Tischläufer an, den mit der kostbaren Spitzenkante, ihr bestes Stück.

Als sie nichts mehr zu bügeln hat, geht ihr Atem ruhiger. Sie wird gegen die Panik antreten, gegen die Angst. Noch nie in ihrem Leben war sie ein Hasenfuß. Immer nach vorn gucken und weitermachen wie alle Tage. Sich nicht beirren lassen.

Geräusche oben auf dem Boden? Unsinn! Sie lässt sich nicht verrückt machen.

Ein Schatten hinter dem Kirschbaum da hinten im Garten? Unsinn! So weit darf es nicht kommen, dass sie Gespenster sieht.

Sie wird den Tisch decken wie jeden Abend. Und gleich wird Jan anrufen oder in der Tür stehen. Und die Kriminalbeamten werden den Fall aufgeklärt haben.

»Otto, komm! Essen!« Gesine setzt sich, schenkt Otto das Herrenhäuser ein, sich einen Rheinhessen.

Jan soll selbst entscheiden, was er trinken will. Einbecker, einen Bordeaux oder nur Wasser. Sie hat alles bereitgestellt.

Aber Ottos Platz bleibt leer. Gesine sucht vorm Haus nach ihm. Die sechs Buchstaben sind nur noch schwach zu sehen, wie eine überholte Reklame. Ein gutes Zeichen. Der Spuk zieht ab.

Ganz ruhig geht Gesine ins Haus zurück, ruft wieder und wieder, erhält keine Antwort.

Ihre Beine werden schwer, sie setzt sich, behutsam, als könne der Stuhl unter ihr auseinander brechen.

Sie befiehlt sich, eine dünne Scheibe Gersterbrot aus dem Korb zu nehmen, sie pedantisch mit Butter zu bestreichen, mit Tilsiter Käse zu belegen. Tomatenscheiben. Zwiebeln. Salz.

Die Tür zum Hof. Gesine spitzt die Ohren. Der Schlüssel. Das Quietschen beim Öffnen der Tür.

Sie sitzt reglos, gleichzeitig voller Erwartung, als Jan auf den Esstisch zu kommt, sich ihr gegenüber halb auf Ottos Stuhl setzt.

Auge in Auge mit ihr zieht er umständlich Ottos Uhr aus seiner Hosentasche und legt sie mitten auf den Tisch.

»Als ich zum See kam, vorgestern, da lag Tina neben der Bank, auf der wir immer ... Sie atmete nicht mehr. Und Vaters Uhr – die fand ich neben ihr im Gras.«

Oliver Pautsch
Verhör

»Der Typ in dem Parka, den ihr sucht… wie heißt der?«
»Paul«. Sagte ich.
»Der Lutscher hatte mit der Sache nix zu tun, weißte? Der ist 'n Schwächling. Ein Wichser. Meine Wenigkeit dagegen … ICH!« Der Freak machte eine Pause und grinste selbstgefällig. Ich schwieg und nickte, machte eine Notiz.
»Ich war es! Ganz allein. Das hat's gebracht, weißte? Spaß. Das kapierste nicht. Es is'n Blitz, weißte? Die Sonne geht auf, besser als Solarium. Hat dir mal jemand im Solarium einen geblasen? Ich meine, in dem verdammten Toaster? Ohh Mann! Ohne Froschbrille und doppelten Boden? Du spritzt ab und es verglüht, weißte …?«

Er kicherte, gab seine Vorstellung kalt wie ein giftiger Fisch, während ich abwechselnd mitschrieb und aus dem Fenster starrte. Die Sonne war untergegangen. Es gab nichts mehr zu sehen. Wir saßen seit einer Ewigkeit hier. Ich war seit sechsunddreißig Stunden wach, mit einer Unterbrechung von zwanzig Minuten, die ich in der Cafeteria eingenickt war. Hatte vier Stunden zuvor meine letzte Zigarette geraucht. Der Automat war seit Februar kaputt, die Kollegen nach und nach zu Nichtrauchern mutiert.

Ich hatte den schrägen Spinner bei seiner Eitelkeit gepackt, seinen nie endenden Strom von Wahnsinn und Wort in die Bahn eines Geständnisses gelenkt. Im Nebenraum wurde aufgezeichnet. Hinter dem Spiegel lief nur noch das Band, die Kollegen der Nachtschicht kamen ab und zu, um eine neue Kassette einzulegen, niemals was zu Rauchen dabei. Sie machen sich einen Spaß daraus, mich zu enttäuschen. Wir waren beide Außenseiter. Jeder auf seiner Seite. Aber man erwartete von mir, dass ich die Beherrschung nicht verliere, niemals. Schließlich hatte ich als Einziger von dem ganzen Haufen studiert, wofür ich mich oft genug rechtfertigen oder verarschen lassen musste. Aber ich bin ein Profi, genau das.

Seine freie Hand befummelte wieder den Hosenschlitz. Ich hatte noch nie jemand so oft in die Hose kommen sehen wie den Freak. Die Linke mit Handschellen an seinen Stuhl gefesselt, holte er sich mit der Rechten jede volle Stunde in seiner Tasche einen runter, während er sprach. Er trug eine Hose, deren Arsch in den Kniekehlen hängt. Zu alt für einen Skater, das Haar auf Millimeter geschoren, um das Loch zu kaschieren, das sich vom Hinterkopf aus zu verbreiten begann. Er schlug die Beine übereinander. Cool bis ins Mark, offene Turnschuhe. Hielt sich für reinen Hip-Hop. Der getrocknete Spermafleck in seiner Mitte starrte mich an.

»Die bringt's nich, die bringt's nich, die bringt's doch nich, Alter! Weg und aus.«

Plötzlich musste ich würgen, wollte kotzen, beschränkte mich auf eine Gänsehaut, die meinen Rücken hochkroch, ein Nicken und den Ausdruck professioneller Neugier. Positive Motivation. Ich bin Psychologe bei der Polizei. Und brauchte dringend etwas zu Rauchen.

»Was hat es dir gebracht?«, fragte ich.

»Komm schon, Alter. Biste tot, oder was? Es war Romantik, nenn es Liebe, Meister. MEISTAHHHH! LIIIIEBE!!! Das gibt es, das gibt es noch, das ist rar, aber das gibt es ... sie und ich, wir haben Blut...«

›Tränen – Blut – Sperma – Archetypische Fixierung auf Körperflüssigkeiten‹, notierte ich und dachte daran, dass wirklich all das aus einem einzigen Körper auslaufen konnte, wenn man die richtige Stelle fand. Er lachte, und seine Stimmung schlug um wie ein Fingerschnippen. Das passierte nicht zum ersten Mal. Ich stellte mich auf weitere Stunden in einem trostlosen Raum mit Linoleum, Resopal und abblätternder Farbe ein, sah zu, wie der Mistkerl Rotz und Wasser in sein verknittertes Batman T-Shirt heulte, das Sperma in seiner Hose trocknete, hasste meinen Job und den kranken Vogel, den ich aufpäppeln musste, damit er Futter für die Staatsanwaltschaft lieferte. Die Details werde ich mir sparen, nur das: ›Sie‹ war tot, es war nicht zu ändern, und auf den Bildern zwischen uns noch weniger zu übersehen. Diese Bilder waren ein Grund, warum ich mit blutunterlaufenen Augen seit Wochen schlecht oder überhaupt nicht geschlafen hatte. Der Hip-Hopper hatte sich wie eine Axt durch die weibliche Bevölkerung der Stadt geschlagen, war seit Monaten Titelheld der Tagespresse. Ich hatte seitdem Stunden um Stunden mit der Suche nach dem Grund, nach dem Motiv (der Theorie nach existiert immer ein Motiv), nach etwas Tieferem (haha ...) gesucht. Wir haben alle Gründe. Aber welche? Das herauszufinden ist mein Job. Ich bin Ergründer, steige in den Sumpf der Seele. Ich ziehe mir die Gummihose an und gehe in den Keller. Dort irre ich so lange herum, bis ich an die Stelle komme, wo es schlecht riecht, stickig und dunkel ist. Meine Waffen sind Kugelschreiber und Block. Damit bekämpfe ich die Monster.

Der Freak wurde an einer Würstchenbude in der Innenstadt aufgegriffen. Er hatte den Kollegen nicht ins Ohr gebissen, sich gewehrt oder mit einem Messer gefuchtelt, sondern ›endlich‹ genuschelt, seine Hände hingehalten und sich lächelnd fixieren lassen. Ihr Job war damit getan, meiner begann. Seitdem faselte sich Irrsinn durch mein Nervenkostüm wie die chinesische Wasserfolter.

Diesen Job würde nicht mehr lange machen. Die Kündigung war in der Post. Ich habe ein Boot. Ich will Sonne, Leidenschaft. Und meine Ruhe. In vierzehn Jahren Dienst sieht man eine Menge Bilder von Toten. Die Letzte hieß Annette, war der Grund zu kündigen und – später irgendwann – das Rauchen aufzugeben. Kein schöner Anblick, wirklich nicht. Auf den Kanaren gibt es eine Menge Leute, die gern zum Fischen rausfahren wollen, von dieser Scheiße keine Ahnung haben und mich ebenfalls bezahlen. Und mir war es egal, ob mein Gegenüber mit einem angespitzten Teelöffel beim Hofgang die Kehle durchgeschnitten bekommen würde. Sie mögen keine Vergewaltiger im Knast. Nicht, wenn sie Mörder sind. Ficken ist ok. Töten ist ok. Beides zusammen ist Schrott. Ein Zeichen von Schwäche. Im Knast herrschen einfache Regeln: Ist dein Essen beschissen, lass es deinen Nachbarn fressen. Siehst du eine kranke Ratte: bring sie um!

»Mach 'n tot, der quält sich«, hatte ein Raubmörder während einer Sitzung die Philosophie und Hymne des Knasts erklärt und trocken gegrinst, als ich in schallendes Gelächter ausgebrochen bin. Dann fragte er, ob ich in letzter Zeit etwas nervös sei. Ich bin rot geworden und habe verneint. Aber für einen Lidschlag standen wir beide im gleichen Keller und fischten im Trüben. In diesem Moment fand ich ihn sogar sympathisch, las ich später in meinen Notizen.

»He, Chef... noch da? Chef? CHEHEEEF? Hörst du mir zu?«

»Ja.«

Klar, mein Job. Aber eigentlich war ich schon weg. Mit zwei Volvo-Motoren à 170 PS auf azurblauen Wellen. Ich hatte seinen Blick bereits in anderen Augen gesehen. Auf der Straße. Bei Taxifahrern, Kellnern und der Kassiererin im Supermarkt. Zeitbomben mit Seele und einem Rohrbruch im Untergeschoss. Menschen voller Tatendrang, Lust und Zärtlichkeit, die unter Neonlicht und Fernsehprogramm litten. Unter fehlender Sonne, Angst oder Hunger. Irgendwas. Einsamkeit kann eine Krankheit sein. Autisten würden ein Lied davon singen, wenn sie könnten. Aber in letzter Zeit schienen alle das Singen verlernt zu haben. Ich habe noch nie jemand heilen können. Bis auf ein paar Mal, dann aber endgültig. Sonst erstelle ich Gutachten. Ich ändere die Welt nicht, ich katalogisiere sie. Und wenn mich eine Kassiererin so – genau »so« – ansieht, stelle ich mich eine Reihe weiter ganz hinten an. Manchmal möchte ich einfach nur einkaufen.

»Bist du im Arsch, Mann? Ich meine, bist du VOOOOLLL im Arsch? Die Kleine wollte nicht, weißte, aber ich, Mann. Ich hab's ihr echt besorgt. Ich hab's ihr versprochen, ich hab's ihr besorgt. BESOOORGT, Alter, frag nicht nach Sonnenschein. Es hat gespritzt, Mann, Alter, HAT DAS gespritzt. Und sie: quiekquiekquiek, macht auf kleines Schwein, weißte? Kapierste? Da MUSS man doch pusten, weißte... pusten, kapierste? Der Wolf und die Schweinchen, kapierste? Der Wolf pustet gegen die scheiß Hütte, scheiße, er PUUUSTET und ...«

Katrin hatte ihren Job gekündigt. Sie würde mit mir gehen. Wir waren seit Wochen aufgeregt und glücklich. Hatten per Kleinanzeige fast alles verkauft. Der Rest kommt auf den Müll. Die Welt ist woanders nicht besser, befürchtet sie. Sie kann sich mit einem Lächeln fürchten, deshalb ist sie groß. Weil sie keine Angst hat. Weil ich ihr glaube. Das Rohr in ihrem Keller hat keine Löcher, keine Risse. Sie ist sechs Jahre jünger als ich. Aber das kann nicht der Grund sein.

»Woanders ist sie besser, die Welt. Lass es mich beweisen, bitte!«
Ich hatte eine Menge versprochen. Nie länger als acht Stunden von ihr getrennt zu sein, zum Beispiel. Dabei hatte sie mich nicht darum gebeten. Es war mein Wunsch: Nie länger als acht Stunden getrennt. Ein Versprechen, eine Regel.

Nun waren es bereits Tage und Nächte, die ich mit diesem Arschloch verbringen musste, seit Katrin und ich uns aneinander gerieben hatten. Ich wollte endlich wieder mit dieser Frau zusammen schwitzen. Ich liebe Katrin, nur bei ihr fühle ich mich wohl. Aus ihren Augen trifft dich der Blitz. Sie ist GESUUUUND! Ich musste es wissen.

Ich sah den Schlag nicht kommen. Er riss sich fast den Arm aus, als er den Stuhl, an den er mit der Handschelle gefesselt war, über meinen Kopf zu dreschen versuchte. Ich duckte mich, immer noch schnell genug. Das Stuhlbein traf meine linke Seite in Brusthöhe und brach mir eine Rippe. Bevor mich der Schmerz erreichen konnte, presste ich Luft aus meiner Lunge und traf seinen Kehlkopf mit der Handkante. Er fiel ganz still, riss den Stuhl um und sank kraftlos auf den Boden. Erst dann durchzuckte es mich. Im Flur hatte niemand etwas davon mitbekommen. Da lag tatsächlich eine Packung plus Feuerzeug zwischen uns. Die Sau hatte Kippen! Hatte sie die ganze Zeit versteckt, meine Schachtel leergeraucht und mir dabei zugesehen, wie ich immer nervöser wurde! Ich griff hastig nach dem Päckchen und der Schmerz war geil, als ich tief inhalierte. Die Ratte konnte nicht atmen, sein Kehlkopf steckte in der Luftröhre. ›Es brennt‹, dachte ich zufrieden, ›es tut höllisch weh.‹ Der Kehlkopf ist ein Dimmer im menschlichen Körper. In den Hals damit und langsam geht das Licht aus, hatten sie uns auf der Polizeischule beigebracht. Wie lange kommt sein Hirn ohne Sauerstoff aus? Wie lange kann ein Herz ohne Liebe leben? Katrins Lippen auf meinen, es brennt wie Feuer. Er und ich – wir beide waren hier fertig. Es gab nichts mehr zu klären. Ich bin in seinem Keller gewesen, hatte das Monster gesehen, hörte einen langen, verzweifelten Furz, stand auf und lächelte ihn an:

»Ich gehe nach Hause zu meiner Kleinen, wir werden es treiben. In aller Ruhe … Langsam. Danach werde ich schlafen. Sie beobachtet mich gern beim Schlafen. Sie liebt mich. Wenn ich wach bin UND wenn ich schlafe. Sieht so unschuldig aus, sagt sie. Vielleicht essen wir später noch was, und nächste Woche werden wir in der Sonne sitzen. Auf dem Wasser treiben… ES auf dem Wasser treiben, Alter. Wenn dich schon Erde bedeckt. ALTÄÄÄR!«

Der Schmerz in meiner Brust hatte mich in den nächsten Gang schalten lassen. Ich brannte wie eine Fackel, trat die Kippe neben seinem Gesicht aus. Mein Block und der verdammte Kugelschreiber waren IRGENDWO. Er schüttelte den Kopf, ganz ruhig, und mein unglaublich geiles Gefühl der Macht bekam plötzlich einen Knick.

Eigentlich müsste ein erbärmliches Leben an seinem geistigen Auge vorüberziehen. Doch der Film schien ihm nicht zu gefallen.

›Warum sieht er nicht hin‹, fragte ich mich. Wenn ich den Blick am Boden richtig deuten konnte, schien er sogar zu grinsen. Das war irritierend.

Natürlich wird es eine Untersuchung geben. Der Pathologe wird bescheinigen, dass ich in Notwehr …

»Katrin.«

Er konnte nicht sprechen, unmöglich, und doch hörte ich ihren Namen aus seinem Mund über meine Seele kratzen. Ich kniete nieder und griff seinen Hals. Hatte den erlösenden Kehlkopfgriff gelernt, aber vorher nie anwenden müssen. Hatte den Schalter bisher nur theoretisch in Luftröhren gedroschen. Er brauchte Luft. Mit einem Griff bekam er sie zurück. Es knirschte leise, so, als würde man einen Hühnerschenkel auslösen. Für einen Augenblick dachte ich, er würde draufgehen. Er wäre nicht lachend gestorben, so viel war klar.

Tränen klatschten aus seinen Augen auf den Boden. Dann lachte er. Bekam wieder Luft und lachte aus vollem Hals. Er lachte mich aus, keuchte:

»Das rote Sofa … Scheiße, MANN, das war knapp, weißte? Scheißescheißescheiße … die Flecken … gehen nie wieder raus.«

Er drehte sich auf den Rücken, Tränen versickerten aus den Augenwinkeln in seinen Ohren, und starrte an die Decke.

»Flecken?«

»Dreihundertfünfzig Steinchen. Deutschedeutscheüberalles STEE-EEINE!! Zu viel! habe ich ihr gesagt. ZU VIEL. Aber sie ist schnell. Alles muss raus. RAUSS mit dem Scheiß, alles weg. Sie will weg. Wir gehen auf ZWOOOHUNDERT! Und … Deal! Sie is 'n Mädchen. Und was für eins! Schnelles Mädchen, schnelles Geschäft! Ne kluge Braut. Ich hab das Sofa gekauft, weißte.«

Er richtete sich hustend auf und grinste. Plötzlich stand ich in einem Keller, in dem ein gewaltiges Rohr gebrochen war. Mir war nicht mehr nach Notizen.

»Zwo Scheine. ZWO!! Für das … wie oft habt ihr es auf dem Ding getrieben? Katrindingdingdingding. Und SCHUSSSSS!!! Wie oft??« Er lachte schon wieder.

Katrins Sofa hatte in der Mitte ihres Zimmers gestanden. Am dritten Abend, nachdem sie mich auf einen Drink eingeladen hatte, waren wir auf dem Sofa erst eingeschlafen, als die Vögel den neuen Tag begrüßten. Meinen ersten Tag eines neuen Lebens. Der erste Tag mit Perspektive, seit … scheiße, seit ich denken konnte!

»Es ist weiß«, sagte ich.

Und kapierte, dass die Flut nicht mehr zu bremsen war. Dass ich nie unter den weißen Überwurf auf Katrins Sofa gesehen hatte.

»Wie die Unschuld, ha! Ich werde es behalten, weißte?« ›Behalten– Unschuld‹, notierte er seufzend an die Decke. Ich konnte es lesen.

»… gehört mir, Alter, MIR! Wir zwei kennen uns, oder? Flecken machen nix, Spritzer. Mann: viel WEISS HEITT, geil… das Blut rauswaschen. Wird hart und krustig. KrusteKrusteKruste is unbequem, weißte. Katrin auf La Palma … das ist Banane. Nur Scheißbananen, nix sonst. Kannste überbacken. Kannste knicken, weißte … Keine Katrin. Kruste gibt's nur, wennde überbackst. Klar, Mann? Heiß, die Alte, klar. Klar? Ich spreche von … AUSWASCHEN! Du weißt Bescheid.«

Woher wusste er … hatte ich von La Palma gesprochen? Das konnte er nicht wissen!

»Was fängt 'ne Lelelehrerin schon auf Lalalapalma an? HALLOOO KINDERRR? Wollte sie ein Fingernagelstudio eröffnen? Tante Katrins Fingernagelstudio?? Wollte sie das?«

»Wieso wollte?«, brüllte ich. SIE LEBT! Katrin ist stolz auf ihre Fingernägel. Sie sind echt. Katrin hat wunderschöne Hände. Ihre Hände in meinen Haaren, meine Kopfhaut knistert, wenn sie mich berührt … Katrin ist Grundschullehrerin!

»Es macht dieses Geräusch, weißte? Du weißt das. Wie Elektrizität … Tote Tante Katrins Kindernagelstudio … Träume sind was Wunderbares. Katrin hatte das, jaja … Träume. So ein Pech, Meister. Sie hatte das. So ein verficktes Pech! Das Blut muss raus. Kannste nich backen.«

Er begann zu weinen. Ich legte meine Hände um seinen Hals. Stand bis zur Hüfte im brackigen Wasser. Nur ein Keller von vielen, ich kann das flicken. Kein Schlag, nur Druck. Das Bild eines Sofas vor Augen. Es war rot, trieb auf mich zu, ›lacht es?‹, bevor es mich mit voller Wucht traf. Alles war rot. Ich drückte den Kehlkopf zurück in die richtige Richtung, hämmerte seinen Kopf auf Linoleum und hörte

das Lachen. Meins oder seins? Es knirschte unter meinen Fingern. Blut und Tränen. Sein Blick brach in dem Moment, als mich zwei Kollegen wegzerrten. Einer hatte Kippen dabei, fuchtelte wild damit herum. Für den Freak war es zu spät.
Sie schreien und reißen mich zurück. Der Freak starrt an die Decke wie ein toter Fisch. Weiß Gott, was es dort zu sehen gibt. Sie brüllen. Von meinem Mädchen. Katrin hat angerufen, mehrmals. Wir wollten nie länger als acht Stunden getrennt sein, hatte ich versprochen. An jenem Abend in ihrem Zimmer hatte Katrin mir in die Augen gesehen. Wir waren nicht im Keller. Wir waren auf dem Sofa, nackt. Ich habe ihre Haut berührt, ihre Brustwarzen wurden hart, bevor ich nur in ihre Nähe kam. Was für eine Frau! Wir gehen weg von hier, ich habe ein Boot. Sie hat mir beim Schlafen zugesehen, weißte.

Katrin sieht mir in die Augen. Sie steht in der Tür und sieht in meine Augen.
»Weg hier, schnell!«, stammele ich, während einer der Kollegen in Tränen ausbricht. Wieso weint jeder? Ist die Welt schlecht? Der Freak blutet aus den Ohren, eins seiner Augen liegt neben ihm, starrt mich an und bleibt die Antwort schuldig.
»Es ist vorbei!«, brülle ich.
Katrin geht in die Hocke, während jemand die tote Ratte aus dem Zimmer schleift. Ihre Handtasche fällt neben seinem Auge auf Linoleum, riecht nach Katrin und Leder. Sie ist die Einzige, die Einzige, die EINZIGE ohne feuchte Augen. Sie ist meine Hoffnung auf ein besseres Leben.
»Welche Farbe hat dein Sofa?«
»Hier.« Sie steckt mir eine Kippe in den Mund. Ich brülle:
»Welche? Scheiß! Farbe?«
»Blau«, entgegnet sie leise, hebt die Kippe auf und zieht daran. Dann schiebt sie mit einer Ecke ihrer Handtasche das Auge des Fischs so, dass es mich nicht mehr ansehen kann. Sie raucht. Das wusste ich nicht. Sie raucht! So viel Neues zu entdecken! Ihre Hände auf meinem Kopf.
»So blau wie das Meer, Baby.«
Es knistert und rauscht. Wellen branden und brechen sich in ihrem Blick. Es regnet auf mein Gesicht.
»Über zweihundert Tage Sonne im Jahr, hältst du das aus?«

Sie nickt. Aber warum Tränen? Wir müssen den Keller aufräumen. Alles muss raus, denke ich. Dann zerren mich Kollegen auf die Füße, einer hat Handschellen dabei, und ich sitze wieder auf dem Stuhl im Vernehmungsraum. Katrin gönnt sich einen langen Blick aus dem Fenster während sie raucht. Ich weiß plötzlich was sie sieht. Nichts. Sie dreht sich zu mir um.
»Paul …«, sagt sie leise. Dann schweigen wir beide einen Moment. Ich sehe zu Boden und das Linoleum verschwimmt. Das Auge liegt wie eine Murmel an einem blutigen Bändel unter dem Tisch. Als ich wieder aufsehe ist sie weg. Gegangen.

Mir gegenüber sitzt ein freundlich aussehender Mann. Mit einem Clipboard und einen Stift. Ich grinse ihn an.
»Haste 'ne Kippe für mich?«
Hinter uns geht die Sonne auf. Er nickt stumm, hält mir eine Packung Lights hin. Und ich weiß, während er mir Feuer gibt, dass er ein Wichser ist. Der keine Ahnung hat, worum es hier wirklich gehen wird.

Martina Fiess
Frauensolidarität

In letzter Zeit beobachte ich fast jeden Tag meine Nachbarn. Ich habe damit aus Langeweile begonnen, denn vor drei Monaten wurde meine Forschungsstelle am Philosophischen Institut der Universität gestrichen. Genau wie der Rest des Frauenförderprogramms, mit dem die Partei vor der Wahl weibliche Stimmen geködert hat.
Jetzt sitzt sie auf der Regierungsbank und ich auf der Straße. Das wird vermutlich auch so bleiben, denn der Akademikermarkt hängt durch. Genau wie ich. Seit ich keine Seminare an der Uni mehr gebe, mein letzter Volkshochschulkurs zu Ende ist und mein Terminkalender nur noch den Buchstaben »A« wie Arbeitsamt enthält, verbringe ich die Vormittage meist im Bett. Mittags sitze ich stundenlang auf der Fensterbank und lasse das Leben draußen vorübertreiben.
Auch heute habe ich keine Lust aufs Leben und bleibe im Bett. Im Nussbaum vor dem Haus singen Amseln so laut, als gäbe es heute etwas Besonderes zu feiern. Mein Highlight dieser Woche war eindeutig der gestrige Beratungstermin beim Arbeitsamt. *Philosophie studiert? Mitte dreißig? Keine Berufserfahrung? Oh, das tut mir Leid.* Dann schlug mir der Beamte mit Pensionsanspruch und Zusatzversorgung allen Ernstes eine Umschulung zur Arbeitsvermittlerin vor.
Ich lasse den Morgen Morgen und die Vögel Vögel sein und ziehe die Bettdecke über den Kopf. Sanft dämmere ich weg und verwandle mich in eine Revolutionärin. Mit gezücktem Schwert stürme ich an der Seite von Jean-Jacques Rousseau und Rosa Luxemburg den Verwaltungsbau der Universität und zerhacke den akademischen Apparat fein säuberlich in Stücke. Die Wahrheit liegt nicht umsonst im Fragment.

Als gegen Mittag die Müllabfuhr vors Haus donnert, reißt sie mich aus meinen Revolutionsszenarien. Das ist gut so, denn angesichts der Blutströme auf der Treppe des Rektoramts und der rollenden Köpfe ziehe ich nun doch das fröhliche Vogelgezwitscher und die Realität in Form des Müllwagenlärms und des unüberhörbaren Gezeters meiner

Vermieterin Oma Knolle vor. Herzhaft gähnend fische ich mit den Füßen nach den Hausschuhen. Müllabfuhr, das bedeutet Mittwoch. Mittwoch – also mitten in der Woche. Eine grauenhafte Vorstellung, wenn man einen Tag nach dem anderen totschlägt.

Während ich mir den Schlaf aus den Augenwinkeln reibe, dröhnt der Mollton meiner letzten Traumphase in meinem Kopf. Resignation statt Revolution. Lange ockerfarbige Gänge. Schweißgeruch. Rissiges Linoleum. Schmierige Holzstühle aus den Sechzigern. Blasse Grünpflanzen, deren Hydrokulturgranulat sich dem tristen Grau der Wand anpasst.

Draußen lässt der Müllwagenfahrer den Motor aufheulen, bevor er zur nächsten Tonne brettert. Ich gebe die Suche nach den Hausschuhen auf, schwanke barfuß über den kalten Holzboden ans Waschbecken und spüle mir den Mund aus. Mehr Morgenhygiene verkrafte ich nicht, denn fließendes Wasser macht wach. Genau darauf kann ich in meiner momentanen Gemütsverfassung getrost verzichten. Ich ziehe meinen Bademantel über, brühe mir eine Tasse Schonkaffee auf und trotte ans Fenster. Vom zweiten Stock aus kann ich die Straße überblicken. Nicht viel los heute. Vom Gehweg wirbeln Staubwolken auf. Oma Knolle fegt die Straße. Das macht sie meistens um diese Zeit, auch an den Tagen ohne Müllabfuhr. Ich hocke mich mit angezogenen Beinen auf die Fensterbank. Laut ratternd rasen zwei Jungs auf Skateboards den Gehweg entlang, mitten durch Oma Knolles Schmutzhäufchen. Die Oma droht mit dem Besen und schimpft.

Gegenüber liegt mein derzeitiger »Lieblingsnachbar« Herr Taubert mit einem Poliertuch in der Hand quer über der Motorhaube seines Mittelklassewagens in Dunkelgrünmetallic. Er ist Gemeinderat und erster Vorsitzender des hiesigen Kunstvereins. Zurzeit hat er Urlaub und pflegt neben Autopolieren noch ein ganz spezielles Hobby, dem er mehrmals am Tag nachgeht. Wegen dieser Vorliebe habe ich mir statt eines neuen Bewerbungsratgebers ein Fernglas angeschafft. Das Leben in der Vorstadt bietet erstklassiges Anschauungsmaterial für eine Expertin in geschlechtsspezifischem Verhalten.

Bei meinem Volkshochschulkurs über die Frauenbewegung vor zwei Monaten habe ich einige Aspekte studiert. Bereits in der Vorstellungsrunde tauschten die Teilnehmerinnen (Männer hatten sich leider nicht angemeldet) leidvolle Erfahrungen aus. Aber meine emanzipatorische Mission wirkte, und bald überboten sich die Frauen mit Ideen, wie sie ihre Ehemänner in den Haushalt einbinden und dafür eigene Freiräume schaffen könnten. Besonders die zweite Vorsitzende des Kunstvereins, Frau Wedekind, eine sympathische Frau Ende vierzig mit hochgesteckten Haaren und einem fraulichen Kostüm, hing an meinen Lippen und lieferte anschauliche Beispiele für typisch männliche Macho-Gewohnheiten. Nach Kursende bat sie mich, bei der Eröffnung der nächsten Ausstellung ein paar Worte zu sagen. Denn gerade die weibliche Sichtweise käme im Kunstverein oft zu kurz.

Bei der Vernissage – ich sprach über die Situation der Frauen in der heutigen Gesellschaft – lernte ich einige örtliche Entscheidungsträger kennen, unter anderem meinen Nachbarn Herrn Taubert, den ersten Vorsitzenden des Kunstvereins. Ich hätte ihn fast nicht wieder erkannt, so weltmännisch gab er sich in der Öffentlichkeit: in feines graues Tuch gehüllt, hielt er eine bemerkenswert unterhaltsame Rede. Offensichtlich fand das auch die zweite Vorsitzende Frau Wedekind, die sich nach der Ansprache sehr angeregt mit ihm unterhielt.

Ich hoffe, dass ich durch meinen Kurs und meine Rede die eine oder andere Frau aufrütteln konnte, ihrem Leben eine neue Richtung zu geben.

Gerne hätte ich auch die bessere Hälfte von Herrn Taubert in meinem Kurs begrüßt, denn ihr Leben verläuft in den immer gleichen Bahnen. Auch heute steht sie um diese Uhrzeit vermutlich in der Küche und hobelt Karotten, dünstet Zwiebeln oder hausfraut anderweitig. Ich hole mein Fernglas aus dem Bücherregal, lehne mich an die Fensterlaibung und schwenke zum Küchenfenster meiner Nachbarn. Wie Frau Taubert wohl ihre Kur überstanden hat, von der sie erst letzte Woche zurückgekehrt ist, so ganz ohne Hausarbeit? Manchmal bin ich richtig neidisch auf Geschlechtsgenossinnen wie Frau Taubert oder Oma Knolle, deren Existenz von keinerlei Zweifeln an ihrem Rollenverhalten getrübt ist. Ob der Verlust von eindeutigen Rollenvorbildern Frauen meiner Generation nicht langsam, aber sicher zermürbt? Emanzipiert, aber der Freiheit ausgeliefert. In der Freiheit gefangen! An der Spitze der Frauenbewegung, aber völlig entfraut. Früher oder später holt die Dialektik jeden ein. Aber vielleicht handelt es sich in Wahrheit um eine genial eingefädelte

Männerstrategie zur Machterhaltung? Gebt den Frauen ihre Freiheit, und sie werden bald um Haushaltsgeld flehen! Durch meine Doktorarbeit über die Auswirkungen des Geschlechterkampfes auf die Frauensolidarität bin ich zur Zynikerin geworden.

Herr Taubert hat keine Probleme mit dem Rollenverhalten. Während seine Frau in Kur war, nutzte er den Freiraum auf durchaus geschlechtsspezifische Weise. Davon konnte ich mich persönlich überzeugen, denn mehr als einmal hat er vergessen, den Rollladen im Schlafzimmer herunterzulassen, bevor er sich mit einer Dame im Ehebett vergnügte. Ich sah sie abends zufällig ins Haus schleichen und erkannte sie im Licht der Straßenlaterne. Als seine Frau vor kurzem aus der Kur zurückkam, beendete Herr Taubert die Schäferstündchen.

Ich stelle das Glas scharf ein auf Frau Tauberts grauen Haarschopf hinter den gerüschten Küchenvorhängen. Heute gibt es Rotkohl. Langsam das Messer ansetzen, Schwerpunkt nach vorne verlagern, zudrücken. Präzise gleitet das Metall durch blaurote Schichten, bis es mit einem Ruck auf das Brett stößt. Frau Taubert türmt die hauchdünnen Kohlschichten liebevoll übereinander. So sieht jemand aus, der in seiner Tätigkeit aufgeht.

An der Kreuzung zwei Häuser weiter beginnt ein Hupkonzert. Ich schwenke vom Rotkohl zur Grünphase. Stau vor dem Fußgängerüberweg. Das erste Auto in der Schlange springt nicht an. Wahrscheinlich eine Frau, vermute ich in einem Anfall von fehlender Solidarität. Die Fahrer in der Schlange hupen. Wahrscheinlich Männer. Männer hupen gerne. Evolutionsgeschichtlich gesehen ist das Hupen die neuzeitliche Version der Kriegsschreie, mit denen sie sich früher auf die Mammuts stürzten. Keine Frage, welches Geschlecht die Hupe erfunden hat.

Nach dem Mittagessen leere ich meinen Briefkasten. Die einzige Ausbeute ist ein großer hellbrauner Umschlag. Bestimmt eine Absage.
Auf dem Gartenweg lauert Oma Knolle, um sich an meinem Schicksal zu laben: »So, Post bekommen?«
Ich nicke schweigend. Weil ich den Umschlag nicht vor ihren Augen öffne, stimmt Oma Knolle beleidigt eine Klage über die fehlende Müllmoral ihrer Mieter an. Aber auf dieses Thema habe ich heute

keine Lust. Oma Knolle nicht auf einsilbige Mieter. Ich verabschiede mich, und Oma Knolle schrubbt ihre Mülltonne weiter.

Mit einem Seufzer werfe ich die Absage auf den Altpapierstapel und brühe mir einen Tee auf. Heute habe ich nicht genügend Schwung für ein Bewerbungsschreiben, also lasse ich mich wieder auf der Fensterbank nieder. Gegenüber schnappt die Haustür zu. Herr Taubert schreitet in Richtung Hecke und zur Tat.

Ich greife nach dem Fernglas und fixiere seinen Vorgarten. Gerade rechtzeitig, um Zeugin von Herrn Tauberts spezieller Vorliebe zu werden. Immer das gleiche Zeremoniell: Er tritt an den Liguster und schielt in die Nachbargärten. Ist die Luft rein, stellt er die Beine breit auseinander, schiebt das Becken nach vorn und fingert am Hosenschlitz. Leicht in den Knien federnd, fischt er seinen Wurm heraus. Wenn ich mich auf die Zehen stelle, sehe ich deutlich, wie ein gelber Bogen aus ihm herausschießt in Richtung Hecke. Dann schüttelt er sein bestes Teil und macht Anstalten, alles wieder einzupacken. Ich erwarte schon, dass er wie immer davonstolziert wie ein Köter, der seine Duftmarke angebracht hat. Aber gerade, als ich das Glas wegschwenken will, taucht hinter Herrn Taubert eine Gestalt auf. Metall blitzt auf, und bevor Herr Taubert weiß, wie ihm geschieht, fährt ein Messer unter sein wertvollstes Stück und … schnipp. Ich halte die Luft an, während ich auf den übriggebliebenen Stummel in seiner Hand starre, aus dem Blut quillt. Schnell suche ich mit dem Glas den Garten ab. Kiesweg, Primelbeet, der Gartenzwerg mit dem erhobenen Zeigefinger huschen durch mein Blickfeld. Dann sehe ich das Phantom in dem schmalen Durchgang zwischen Garage und Haus verschwinden, aber ich habe es erkannt.

Auf den Schrei im Vorgarten hin wird die Haustür aufgerissen. Frau Taubert erscheint auf der Bildfläche, das Rotkohlmesser noch in der Rechten. Während sie die verschmierten Hände, die dieselbe Farbe haben wie der Hosenlatz ihres Mannes, an der Küchenschürze abwischt, mustert sie die blutdurchtränkte Hose ihres Angetrauten. Aber Frau Taubert schlägt nicht etwa die Hände vors Gesicht oder verfällt in Hysterie, sondern eilt ins Haus zurück. Herr Taubert, der aus naheliegenden Gründen nichts vom Auftritt seiner Frau mitbekommen hat, fällt auf die Knie und krabbelt über den Rasen.

Zehn Minuten später fährt der Notarztwagen mit Blaulicht vor. Zwei Sanitäter verschwinden im Haus, wo sich inzwischen auch

Herr Taubert befindet. Ein Sanitäter kehrt in den Vorgarten zurück, zerwühlt die sauber in Reihe gesetzten Primeln und durchsucht Grashalm für Grashalm den Bereich zwischen Beet und Ligusterhecke. Endlich entdeckt er das Corpus delicti. Er packt es in einen Plastikbeutel und eilt ins Haus zurück. Auf einer Trage befördern die Sanitäter Herrn Taubert in den Notarztwagen und rasen mit gellender Sirene davon.

Ich nippe an meinem Tee. Seit Wochen habe ich mich gefragt, wieso Frau Taubert ihrem Mann diese eigenwillige Angewohnheit, an die Gartenhecke zu pinkeln, nicht verbietet. Na ja, in Zukunft wird er das wahrscheinlich sowieso nicht mehr tun. Vielleicht war es ihr einfach gleichgültig. Das scheint mir nach meinen Studien über die Entfremdung der Geschlechter naheliegend. Denn erwiesenermaßen entfernen sich die Ehepartner innerlich in dem Maße voneinander, wie sich im Laufe der Ehe ihre äußere Physiognomie immer ähnlicher wird. Andererseits herrscht gerade hier im Vorstadtkosmos eine spezifische Variante des kategorischen Imperativs, der sich niemand entziehen kann, wenn er dazugehören will: Handle immer so, dass dein Nachbar nichts Schlechtes über dich denkt – oder zumindest nicht merkt, was für ein gerissener Hund du bist.

Bereits am selben Abend sendet das Regionalfernsehen einen Sonderbericht über den heimtückischen Anschlag. Freilich gibt es keine Nahaufnahme von Herrn Tauberts Unterleib zu sehen, sondern ein Interview mit der erstaunlich gefassten Ehefrau. Ein Reporter kommentiert am Tatort: An dieser unschuldigen Ligusterhecke, meine Damen und Herren, trug sich heute Nachmittag ein grauenvolles Ereignis zu, das die ganze Stadt in Entsetzen stürzt …

Wie gelassen Frau Taubert die scheinbar mitfühlenden, in Wahrheit aber reißerischen Fragen beantwortet! Leider gebe es noch keinerlei Hinweise auf den Täter, bedauert der Journalist, da das Opfer bedauerlicherweise unter einer Amnesie leide und noch unklar sei, wann die Erinnerung zurückkehre.

Eine Woche und eine Bewerbung später tappt die Polizei immer noch im Dunkeln, wie die Lokalpresse in drei Zentimeter großen Buchstaben meldet. Gemeinderat Taubert gehe es den Umständen ent-

sprechend. In einer achtstündigen Operation sei es gelungen, das abgeschnittene Glied wieder anzunähen. Die Ärzte äußerten sich optimistisch über den Heilungsprozess. Ob das Geschlechtsteil je wieder funktionsfähig sein wird, darüber wollte der Chefarzt allerdings keine Aussage machen.
Ekelhafte Geschichte! Ich klappe die Zeitung zu. Nach einem Blick auf die Uhr eile ich ins Bad, um mir die Zähne zu putzen. Heute habe ich ein Vorstellungsgespräch in einer Buchhandlung. Möglicherweise ist heute mein Glückstag. Denn seit ich Zeugin jenes denkwürdigen Ereignisses im Vorgarten der Tauberts geworden bin, ahne ich, dass sich mein Leben verändern wird. Ich klemme meine Ledermappe unter den Arm und werfe einen letzten Blick in den Spiegel: dezenter Hosenanzug, wenig Make-up und im Kopf die neuesten Bestsellerlisten. Zur Feier des Tages trage ich einen besonderen Ohrring.

Frau Wedekind, die Inhaberin der Buchhandlung, begrüßt mich mit festem Händedruck und bittet mich nach hinten ins Büro. Sie erinnert sich noch gut an mein Seminar und meine Rede bei der Vernissage und betont, dass ich bei ihr einen Denkprozess in Gang gesetzt habe. Frau Wedekind trägt inzwischen eine freche Kurzhaarfrisur und einen Hosenanzug mit passendem Schal. Selbstbewusst blickt sie mir in die Augen, während ich über meine Ausbildung berichte.
Das Gespräch läuft gut. Als ich Frau Wedekinds kulturelles Engagement lobe, zuckt ein kurzes und wie mir scheint schmerzhaftes Lächeln um ihre Mundwinkel. Frau Wedekind gießt Kaffee nach und erzählt, dass in ihrer Buchhandlung zehn Mitarbeiter beschäftigt sind. Sie erkundigt sich, ob ich mich mit Gesundheitsratgebern, Reiseführern und Frauenromanen nicht unterfordert fühlen würde. Ich straffe die Schultern und improvisiere über Kulturarbeit als gelebte Philosophie. Nach zehn Jahren Studium, Promotion und Assistentinnentätigkeit in einem von Männern geprägten Institut verfüge ich über ein beachtliches Repertoire an rhetorischen Tricks und eloquentem Blabla. In einem eleganten Schlenker weise ich am Schluss nochmals auf meine Rede im Kunstverein hin und erzähle, dass ich genau gegenüber vom ersten Vorsitzenden, Herrn Taubert, wohne und einen prima Blick in seinen Garten habe. Dabei zupfe ich mehrmals an meinem Ohrring.
Frau Wedekind starrt auf das Schmuckstück, während sie nervös

an ihrem Schal fingert. Wenig später werden wir uns einig. Schon nächsten Monat fange ich in der Buchhandlung an. Auch das Gehalt kann sich sehen lassen.

Vor ein paar Tagen wurde Herr Taubert aus der Klinik entlassen. Weil ich eine Veranstaltungsreihe über geschlechtsspezifische Moral in der Buchhandlung organisiere, konnte ich die Genesung meines Nachbarn bisher leider nicht gebührend verfolgen. Aber heute Morgen bin ich früher aufgestanden, um ihn zu begrüßen, bevor ich zur Arbeit gehe. Am Wochenende ist seine Frau ausgezogen. Taubert wohnt jetzt allein in seinem Haus. Bestimmt freut er sich über einen nachbarschaftlichen Plausch.

Trotz der frühen Stunde steht Herr Taubert in gebührendem Abstand von der Gartenhecke. Er trägt weite Jogginghosen und blickt nachdenklich auf den Liguster.

Ich lehne mich ans Gartentor. »Guten Morgen, Herr Taubert. Schön, dass es Ihnen wieder besser geht.«

Taubert kommt breitbeinig angewatschelt und mustert mich mit zusammengekniffenen Augen. Dann hellt sich seine Miene auf. »Ach, die Frau Doktor von gegenüber. Haben Sie nicht bei unserer Ausstellung eine Rede gehalten?«

»Über Emanzipation, ja«, ergänze ich. »In letzter Zeit sieht ihre Hecke gar nicht gut aus, Herr Taubert.« Ich deute auf den Liguster. »Haben Sie den Dünger gewechselt?«

Herr Taubert glotzt mich verständnislos an. Ich hebe die Hand zum Ohr und spiele mit meinem Ohrring.

Taubert fixiert das kleine silberne Messer, das unter meinem rechten Ohrläppchen baumelt. Fast kann ich hören, wie in seinem Gehirn die Rädchen ineinander greifen. Plötzlich scheint er sich zu erinnern. An den Kuraufenthalt seiner Frau, seine Affäre, das Attentat im Vorgarten ... Herr Tauberts Gesicht läuft dunkelrot an. Er weicht zurück und schnappt nach Luft. Dabei schiebt er abrupt sein Becken nach hinten, als würde ihn ein Schmerz durchzucken.

Ich grinse in mich hinein. »Was für eine Schande, dass es immer noch keine Hinweise auf den Täter gibt! Gute Besserung, Herr Taubert. Ich muss jetzt zur Arbeit.« Nach einer rhetorischen Pause füge ich hinzu: »In die Buchhandlung. Zu Frau Wedekind. Sie kennen doch Frau Wedekind, oder?«

Tauberts Kinn klappt herunter. Schätze, jetzt ist ihm alles wieder eingefallen.

Ich zwinkere verschwörerisch und mache mich fröhlich pfeifend auf den Weg zur Arbeit.

Was für ein Glücksfall, dass ich mit dem Fernglas am Fenster stand, als sich die verschmähte Geliebte auf beeindruckende Weise an Herrn Taubert rächte. Die weibliche Raffinesse ist so spannend… Vielleicht könnte ich in der Buchhandlung eine Reihe von Lesungen zu diesem Thema veranstalten. Ich bin sicher, Frau Wedekind hat dafür ein offenes Ohr. Sie kennt sich schließlich aus, denn nicht immer setzen Frauen mit ihrer Rache derart konsequent an, wie sie das getan hat. Wir verstehen uns sehr gut, nur hin und wieder, wenn ihr Blick auf meinen Ohrring fällt, scheint sie irritiert.

Ich bin sicher, dass sie mir bald die Teilhaberschaft an der Buchhandlung überträgt. Das Leben bietet so viele Ansätze für gelebte Philosophie. Eine Hand wäscht die andere, oder?

REIMUND DIERICHS
Die Tätowierung

Er nahm den Hörer ab, als das Telefon klingelte.
»Sie haben schon wieder eine Leiche gefunden. Ich weiß nicht, was los ist mit den Menschen.« Die Stimme seiner Mutter war dem Weinen nahe. »Sie lag in einem der Schrebergärten hinter den Teichen. Zwischen den Kohlrabi.«
»Nun reg dich doch nicht so auf«, sagte Matthias beschwichtigend.
»Aber es ist wie vor zwanzig Jahren«, sagte sie aufgebracht. »Du wirst dich kaum noch daran erinnern.«
Doch er erinnerte sich sehr genau.
»Es ist noch keine vier Wochen her, als sie die vierzehnjährige Monika gefunden haben. Und jetzt schon wieder eine. Hast du die Zeitungen bekommen?«
Sie schickte ihm regelmäßig das Lokalblatt zu, aber er hatte selten Lust, es auch zu lesen. Die einzige Verbindung zu seiner Heimatstadt war seine Mutter. Alles andere interessierte ihn wenig. Trotzdem glaubte sie, ihn auf dem Laufenden halten zu müssen, falls er sich doch eines Tages entschließen sollte, zurückzukehren.
»Hast du das Foto von Bernd Stuck gesehen?«
Er musste lächeln. Das war das Verrückte an seiner Mutter. Eben noch hatte sie sich über einen Mord aufgeregt und jetzt redete sie über etwas völlig anderes.
»Welches Foto?«, fragte er.
»Du hast die Zeitungen noch gar nicht gelesen«, sagte sie vorwurfsvoll.
»Werd ich gleich tun. Versprochen.«
Nachdem sie aufgelegt hatte, ging er in die Küche. Im Schrank unter der Spüle stapelte er das Altpapier, um es einmal in der Woche zu entsorgen. Er benötigte fast eine halbe Stunde, bis er das Foto gefunden hatte. Als Erstes sprang ihm jedoch die Schlagzeile über den Mädchenmord ins Auge, von dem seine Mutter geredet hatte. Spaziergänger hatten am 5. Mai 1992 in einem Gebüsch auf der In-

sel im Brillenteich die vierzehnjährige Schülerin Monika gefunden. Offensichtlich war die Polizei bis jetzt noch keinen Schritt weiter gekommen.

Auf derselben Seite weiter unten fand er einen Bericht, in dem die Wiedereröffnung der Gaststätte Stuck für den nächsten Tag angekündigt wurde. Bernd Stuck war vor einem Jahr nach dem plötzlichen Tod seiner Mutter von einem mehrjährigen Auslandsaufenthalt nach Hause zurückgekehrt. Sein Vater, gesundheitlich schon angeschlagen, überschrieb ihm das Haus und die angrenzenden Grundstücke, bevor er, nur zwei Monate später, seiner Ehefrau in den Tod folgte.

Matthias starrte auf das Foto von Bernd Stuck, der selbstgefällig in die Kamera lächelte und dabei ein noch immer strahlend weißes Gebiss freilegte, das auch von der Zahnlücke zwischen den beiden oberen Schneidezähnen kaum beeinträchtigt wurde. Vielleicht war es ja gerade diese Unregelmäßigkeit, die auf Mädchen einen besonderen Eindruck machte, so wie manche Frauen dahinschmelzen, wenn sie ein Grübchen im Kinn eines Mannes entdecken.

Matthias betrachtete das Foto genauer, sah die hoch aufgekrempelten Ärmel des Hemdes, die Tätowierung am Oberarm, nur wenige Zentimeter oberhalb der Armbeuge. Er spürte die Aufregung, die ihn überkam und die seinen Puls zum Rasen brachte. Als er aufsprang, hätte er dabei fast den Stuhl umgeworfen. Er holte das Vergrößerungsglas, das er in einer Schublade des Wohnzimmerschrankes aufbewahrte, und kehrte an den Tisch zurück. Die Lupe bestätigte, was er schon befürchtet hatte. Für einen Moment fühlte er sich wie benommen. Dann griff er zum Telefonhörer und kündigte seiner überraschten Mutter seinen Besuch für den übernächsten Tag an.

Was wollte er hier? Matthias stellte sich die Frage, als er den Hügel hinunter stieg, den Hügel seiner Kindheit, den Hügel, der zwei Stadtteile miteinander verband und für ihn zum Schicksalshügel geworden war. Wenn sie damals zu Hause geblieben wären, hätte dann auch sein Leben einen anderen Verlauf genommen und er seine Heimatstadt niemals verlassen? Das Damals lag mehr als zwanzig Jahre zurück. Wie fast jeden Tag, so war er auch an diesem besagten Tag zusammen mit seinem Freund Stephan in Richtung Brillenteich gelaufen. Eigentlich waren es zwei Teiche von fast identischer Größe, die nebeneinander lagen und an die Form einer Brille erinnerten. Das Gelände war weitläufig. Für zwei Zwölfjährige geradezu ideal. Die riesigen Platanen, die den Weg säumten, der um den See herum führte, luden zum Klettern ein. Die Bretter und Äste, die sie in den Wiesen fanden, stellten ausgezeichnetes Baumaterial dar. Die Baumhäuser, die sie anfertigten, lagen meist etwas abseits des Weges und mussten gut getarnt werden. Trotzdem hatte Bernd Stuck sie fast alle gefunden und mit geradezu brutaler Gewalt zerstört. Einmal hatten sie ihn dabei beobachtet. Er hieb mit einem Beil wie besessen auf das Holz ein, sodass sie für einen Moment dachten, er sei von Sinnen.

Der Grund und Boden gehörte Bernds Vater, und sein Sohn, als selbst ernannter Wachmann, vertrat die Meinung, dass alle Kinder der Umgebung ihn in allen Belangen um Rat fragen müssten. Wenn er einen schlechten Tag hatte, verbot er ihnen sogar, das Gelände zu betreten, was er gar nicht durfte, da es einen Erlass der Stadt gab, der besagte, dass der Teich und die Spazierwege bis zum Einbruch der Dunkelheit für jeden zugänglich sein müssten. Lediglich die Fischer besaßen eine Sondergenehmigung: Sie konnten sich hier sowohl in den frühen Morgenstunden als auch am späten Abend tummeln, weshalb sie einen Schlüssel ausgehändigt bekommen hatten, der es ihnen ermöglichte, das Tor vorne an der Straße aufzuschließen. Für Matthias und Stephan gab es hingegen einen Trost: Bernd hielt sich nur in den Ferien bei seinen Eltern auf, ansonsten besuchte er ein Internat am Bodensee.

Einmal, in den Herbstferien, hatten sie sich trotz seines Verbots auf die Insel gewagt, die in einem der Teiche lag und über eine schwankende Holzbrücke betreten werden konnte. Er hatte sie gesehen und war ihnen nachgestiegen. Im letzten Moment war es ihnen gelungen, sich hinter den Kähnen zu verstecken, die in den Sommermonaten gegen eine Gebühr ausgeliehen werden konnten, um diese Jahreszeit aber fest vertäut und kieloben an Land lagen. Sie hätten niemals gewagt, sich mit Bernd anzulegen. Er war vier Jahre älter und mindestens anderthalb Köpfe größer als sie.

Der Hügel zog sich endlos. Seine Großmutter hatte ihm einmal erzählt, dass er in ihrer Jugend flacher gewesen sei und sich der Neigungswinkel durch den fortschreitenden Bergbau verändert habe.

Noch heute wusste er nicht, ob er dieser Geschichte Glauben schenken sollte. Er erinnerte sich allerdings daran, welche Schäden die Flöze anrichten konnten, die, über hunderte von Metern in die Erde getrieben, Ähnlichkeit mit einer Maulwurfkolonie hatten. Dutzende von Häusern am Hügel waren damals von Rissen durchzogen; einige mussten sogar abgerissen werden, weil die Einsturzgefahr zu groß wurde.

Die Gegend hatte sich verändert, hatte an Gesicht verloren. Das alte Fachwerkhaus gegenüber der Gaststätte Stuck, in dem sein Schulfreund Gerd gewohnt hatte, existierte nicht mehr. An seiner Stelle stand jetzt ein gekachelter Neubau, der abscheulich aussah. Der Garten, der sich einst hinter dem Haus befunden hatte, war einem Dutzend Garagen zum Opfer gefallen. Nur der alte Birnbaum hatte die neuen Zeiten überstanden.

Die Gaststätte Stuck erkannte er auf Anhieb, obwohl die Fenster erneuert worden waren und das graue Mauerwerk, an das er sich aus seiner Kindheit erinnerte, durch ein frisches Gelb ersetzt worden war. Die Leuchtreklame über dem Eingang musste erst vor wenigen Wochen installiert worden sein, so sauber wie sie aussah. Das Kino gleich nebenan war jetzt ein Aldi-Markt. Der Kinobesitzer, ein Bekannter seiner Eltern, hatte ihm und Stephan manchmal kostenlosen Zutritt gewährt, aber leider stets darauf geachtet, dass sie nur die Filme zu sehen bekamen, die für ihre Altersgruppe zugelassen waren. Dabei hätten gerade die anderen sie weitaus mehr interessiert. Ausgerechnet Bernd, der große Gegenspieler, war ihnen dabei behilflich gewesen, in den Genuss der verbotenen Bilder zu kommen. Er hatte sie beobachtet, wie sie vor den Schaukästen standen und sich die Glanzfotos vom »Letzten Tango in Paris« anschauten.

»Da kommt ihr nie rein«, hatte er ihnen zugeflüstert, wobei das Grinsen auf seinem Gesicht reine Provokation war.

»Du aber auch nicht«, entgegnete Stephan voller Genugtuung.

»Hab den Film schon gesehen.« Der Triumph war vollkommen.

»Kann ja jeder behaupten«, sagte Matthias vorwurfsvoll.

»Ich kann es euch beweisen.«

Und dann hatte er sie für den nächsten Nachmittag eingeladen. Und sie waren hingegangen, obwohl sie ihn nicht leiden konnten. Die Verlockung war einfach zu groß. Er stand in der Eingangstür der elterlichen Wohnung, schleuste sie durchs Wohnzimmer auf die Terrasse, unter der sich die Küche der Gaststätte befand. Im Nebengebäude war das Kino untergebracht. Sie stiegen eine Leiter hoch und krochen durch das Loch in der Wand, befanden sich bald darauf auf einem verdreckten Dachboden. »Ihr müsst vorsichtig sein«, ermahnte Bernd sie mehrmals. »Tretet nur auf die dicken Balken und stützt euch mit den Händen ab, damit ihr nicht abrutscht. Die Decke ist äußerst dünn. Lasst euch nicht von der Teerpappe täuschen. Sie wird euch nicht aufhalten. Wenn ihr abrutscht, werdet ihr geradewegs im Kino landen. Also passt auf.«

Sie erreichten das andere Ende und standen vor einer Stiege, die nach unten führte. Sie gingen nur wenige Stufen hinab, dann konnten sie es sehen. Ein schmaler Schlitz von vielleicht einem Meter Länge ermöglichte es ihnen, direkt auf die Leinwand zu schauen. Bernd grinste sie an. Sein Gesicht brachte zum Ausdruck, dass er nicht nur der Herr auf der Erde war, sondern auch der Meister hier oben. Und er kostete seine Macht aus, machte diesen beiden unerfahrenen Jungen an seiner Seite klar, wie grün und dumm sie doch waren.

Das Timing hätte perfekter nicht sein können. Der Zeitpunkt war so gewählt, dass genau in dem Moment, wo sie die Treppe erreicht hatten, Maria Schneider und Marlon Brando mit ihrem Liebesspiel begannen. Es vergingen einige Minuten, in denen von der Leinwand her außer einem Stöhnen nichts zu hören war. Bernd betrachtete seine beiden Besucher, die ihre Stirn gegen die Mauer pressten und sich immer wieder die schweißnassen Hände an der Hose abwischten.

»Er ist jetzt ganz tief in ihr drin«, sagte Bernd fachmännisch. Die beiden Jungen sahen die Brüste der jungen Frau, ihren nach hinten gelehnten Kopf und ihr Gesicht, das sich in einem tranceartigen Zustand zu befinden schien, während die leicht geöffneten Lippen von einem Lächeln umspielt wurden.

»Habt ihr eine Ahnung, was das für ein Gefühl ist, da drin zu sein?« Bernd verdrehte die Augen.

Matthias und Stephan hatten keine Ahnung, wovon er redete. Sie wollten ihm auch gar nicht zuhören, sondern stattdessen beobachten, was auf der Leinwand vor sich ging.

Er ließ ihnen nur eine Viertelstunde Zeit, dann führte er sie unter Protest zurück. Er erzählte ihnen, dass seine Mutter gleich zurückkommen würde und er nicht riskieren wollte, entdeckt zu werden.

Das Tor, dem Jugendstil nachempfunden, war noch das alte. Es stand weit offen, sodass er ungehindert den Hof betreten konnte, der direkt an die Gaststätte angrenzte. Zusammengeklappte Eisenstühle lehnten gegen die hier aufgestellten Tische, auf denen noch die Tropfen des Regens vom Morgen zu sehen waren. Am frühen Nachmittag, wenn das Wetter mitspielte, würden die ersten Gäste eintreffen, um hier draußen ihr Bier zu trinken und vielleicht auch etwas zu essen.

Vor ihm lagen die Brillenteiche. Die alte Holzbrücke, die zur Insel führte, war abgerissen worden, stellte er voller Bedauern fest, sie war durch eine rotbraune Eisenkonstruktion ersetzt worden, die mit Sicherheit eine Stange Geld gekostet hatte, aber überhaupt nicht in die Landschaft passte.

Er wandte sich nach rechts, schaute auf das lang gezogene Gebäude, in dem sich zu seiner Zeit der Schießstand des Schützenvereins befunden hatte. Das Dach und die Fenster wirkten neu; auch die Türen waren ausgewechselt worden. Als er näher kam und durch die Scheiben schaute, erkannte er, dass das Gebäude immer noch seinem alten Zweck diente: Hier bereiteten sich die Schützen auf den Höhepunkt der Saison vor, das mit dem Vogelschießen seinen Abschluss fand.

Hinter der Schießhalle hatten sich früher die Stallungen befunden. Er passierte das Gebäude an seiner Stirnseite und folgte dem Weg, der langsam bergan führte. Es gab keine Scheune mehr, keinen Schweine- oder Kuhstall. Ein Teil der Fläche war neu bebaut worden. Drei viergeschossige Wohnhäuser, alle mit schmalen Fenstern, die wie Schießscharten aussahen, säumten den Rand des Geländes. Trotzdem war seine Erinnerung wieder da. Er würde es nie vergessen können.

Es geschah am 4. August 1971, einem ungewöhnlich heißen Sommertag. Als Matthias zusammen mit seinem Freund Stephan am späten Nachmittag am Schützenhaus vorbeikam, zeigte das dort angebrachte Thermometer noch immer 32° C. Wenn es lange hell war, durften sie bis um sieben draußen bleiben, allerdings mit der Auflage, dass sie vorher ihre Schulaufgaben erledigt hatten.

»Komm«, sagte Stephan auf einmal mit aufgeregter Stimme. »Ich muss dir was zeigen.«

Sie gingen den sandigen Weg hoch und steuerten direkt auf die Stallungen zu. Der Zugang war ihnen nicht erlaubt, schon deshalb nicht, weil sie weder zur Verwandschaft noch zum Personal gehörten. Außerdem – was hätten zwei Kinder hier zu suchen gehabt? Sie befanden sich am Beginn ihrer Pubertät. In diesem Alter probierten Jugendliche alles aus. Was, wenn sie heimlich rauchten und dabei die Scheune in Brand setzten? Aber es waren nicht Zigaretten, die sie interessierten. Die hatten sie einmal ausprobiert, wobei sie den Geschmack so widerlich fanden, dass sie auch in den folgenden Jahren nie mehr einen Versuch unternahmen.

»Nun sag schon, was los ist«, forderte Matthias.

»Gleich«, sagte sein Freund und senkte seine Stimme zu einem Flüstern.

»Ist es ein Geheimnis?«, fragte Matthias neugierig.

»In gewisser Weise schon«, antwortete der andere, ohne jedoch mehr preiszugeben.

Sie erreichten die Stallungen, deren Wände den Anschein erweckten, als seien die Maurer bei ihrer Errichtung entweder besoffen oder nicht ganz bei der Sache gewesen. Die Holztüren hingen schief in den Angeln und machten die Eingänge im Winter zu einer ziemlich zugigen Angelegenheit. Die Scheune, die direkt daneben lag, hatte ein Vordach, unter dem vom Frühjahr bis zum Herbst das Stroh aufbewahrt wurde. In der hinteren Ecke unter diesem Dach stand ein alter Kohleherd; einer von der Sorte, die bis zum Beginn der Sechzigerjahre in fast jeder Küche standen. Das prachtvolle Stück bestand an der Front aus weißem Emaille mit Großraumbackofen, Feuerungsteil und Kohlenkasten. Auf der Herdplatte selbst hätten mühelos sechs Töpfe abgestellt werden können, weshalb er nicht nur zur idealen Kochstelle für Großfamilien avancierte, sondern dank dem gekachelten Aufbau an der Rückfront mit einer zusätzlichen Ablage auch der Mittelpunkt jeder Küche war. Nur bewegen ließ er sich schwer. Die Schamottesteine an den Wänden des Feuerungsteils machten ihn zu einem echten Schwergewicht, den selbst vier gestandene Männer kaum hochzuheben vermochten.

Stephan ging zielstrebig auf das ausladende Stück zu, nachdem er sich vorher davon überzeugt hatte, dass niemand in der Nähe war und sie auch von niemandem beobachtet wurden. Er kniete sich davor, schob eine Hand an der Stelle, wo sich der Backofen befand, unter den Herd und brachte schließlich ein Heft zum Vorschein.

»Was ist das?« Matthias versuchte, es ihm aus der Hand zu reißen.

Stephan zog es blitzschnell zurück. »Gleich«, sagte er. »Lass uns nach oben auf den Heuboden klettern. Da sind wir ungestört.«

Matthias zögerte. Er dachte an das Verbot, wollte sich von niemandem erwischen lassen. »Da oben ist es dunkel«, sagte er. Doch sein Einwand zählte nicht.

»Die Sonne steht tief. Sie scheint oben direkt hinein. Also komm.« Zögerlich, aber gleichzeitig voller Neugier, stieg Matthias endlich hinter seinem Freund die Leiter hinauf. Dort angekommen gestattete ihm Stephan, einen Blick auf die Titelseite des Heftes zu werfen, auf der sich eine nackte Frau mit leicht geöffneten Lippen und gespreizten Beinen auf einem Bett räkelte. Ihre Brüste waren enorm.

»Gehört das Heft dir?« Matthias mochte es nicht glauben. Selbst wenn sein Freund genug Geld besessen hätte, um sich so etwas zu kaufen, so wäre er doch daran gescheitert, einen Verkäufer zu finden, der es ihm ausgehändigt hätte.

»Ich hab's unter dem Ofen entdeckt«, sagte Stephan nach einer Pause, um dann, als er das erstaunte Gesicht seines Freundes sah, hinzuzufügen: »Ich habe meinen Vater vorgestern zum Frühschoppen begleitet. Es war der Wunsch meiner Mutter. Sie wollte uns los sein, damit sie in aller Ruhe kochen und sich um meine Schwester kümmern konnte, die seit vier Tagen mit einer Grippe im Bett liegt.« Er holte tief Luft. Es schien so, als würde das Erzählen seine Lungen überanstrengen. »Natürlich bin ich nicht bei meinem Vater geblieben. Ich hab eine Limo getrunken und bin dann nach draußen. Ich wusste, dass die Sau neue Ferkel geworfen hatte. Die wollte ich mir ansehen. Wenigstens durch die Fensterscheibe. Als ich den Weg hochlief, kam mir ein Kätzchen entgegen. In dem Moment, da es mich kommen sah, machte es kehrt und flitzte um die Ecke. Es war ganz winzig und ausgesprochen schön. Also bin ich hinterhergelaufen. Es hatte sich unter dem Herd versteckt. Beim Versuch, die kleine Katze zu packen, ist plötzlich das Heft auf den Boden gefallen. Es war zusammengefaltet und hinter eine Leiste geschoben worden.«

»Und du hast keine Ahnung, wem es gehören könnte?«

Stephan zuckte mit den Schultern. »Keinen Schimmer. Vielleicht Bernd. Oder seinem Vater. Einem der Arbeiter? Frauen schauen sich so was ja wohl nicht an.«

Sie setzten sich hin, legten das Heft zwischen sich auf den Boden. Stephan begann, darin zu blättern. Noch mehr Frauen tauchten auf, Frauen, die mit den Händen ihre Brüste anhoben oder mit den Fingern an ihrer Klitoris spielten; Männer, die sie leckten, Männer mit erigierten Penissen, die sie dort reinsteckten, wo die Frauen es laut Bernd am liebsten hatten.

Matthias bekam schnell einen steifen Schwanz. Die dünne Stoffhose, die sein Freund trug, verriet ihm, dass es dem ähnlich erging.

»Wollen wir wichsen?«, fragte Stephan.

Matthias hatte nur eine ungefähre Vorstellung, wovon die Rede war. Vor Monaten hatten sie einmal aus einem ihrer Baumhäuser heraus um die Wette gepinkelt, wobei es zu ersten intimen Berührungen gekommen war.

»Zieh die Hose aus«, verlangte Stephan. Nachdem er den Anfang gemacht hatte, tat Matthias es ihm gleich. Sie schauten sich die Bilder an, während sie anfingen, an sich herumzuspielen. Ein paar Minuten später bescherten sie sich gegenseitig ein schönes Gefühl.

Sie waren noch ganz benommen vom ersten Orgasmus ihres Lebens, als sie unter sich Stimmen hörten. Voller Panik schlüpften sie in ihre Hosen und versuchten, sich so still wie möglich zu verhalten. Nachdem die Stimmen leiser geworden waren – es klang jetzt so, als ob sie aus dem Nachbarraum kamen –, stiegen sie die Leiter hinunter, um sich davonzustehlen. Ein Schrei, dem ein Stöhnen folgte, hielt sie zurück. Mit pochenden Herzen schlichen sie auf die Holztür zu, die die Scheune mit dem Raum verband, aus der die Geräusche kamen. Ihr Vorteil war es, dass sie sich in einem Teil des Gebäudes befanden, der nahezu im Dunkeln lag, während die Sonne, die durch ein Oberlicht in den Nachbarraum fiel, den größten Teil seiner Fläche ausleuchtete.

Die beiden Jungen schauten durch die Ritzen der Tür. Das Erste, was sie sahen, waren Strohballen. Überall war Stroh. Hinter einem dieser Strohballen lugten vier Beine hervor, vier Beine und die dazugehörenden Körper. Die Köpfe blieben hinter einem Betonpfeiler verborgen. Sie standen keine drei Meter vom Schauplatz entfernt und stießen sich aufmunternd in die Seite.

Die Beine bewegten sich. Das obere Paar, behaart und mit den Knien zum Boden zeigend, gehörte eindeutig zu einem Mann, der es nicht einmal für nötig befunden hatte, seine Hose und seine Schuhe auszuziehen. Obwohl die Sachen eher hinderlich wirkten, schienen sie ihn dennoch bei dem, was er tat, nicht zu stören. Sein praller Hintern bewegte sich rhythmisch auf und ab, wobei seine Bewegungen allmählich schneller wurden. Die Frau unter ihm schien einfach nur still dazuliegen, während der Mann Geräusche von sich gab, die einem Grunzen gleichkamen. Er hatte die Hände auf dem Boden abgestützt. Auf dem linken Arm, nur wenige Zentimeter oberhalb der Armbeuge, konnten die beiden Jungen eine Tätowierung erkennen: Ein Segelschiff mit aufgeblähten schwarzen Segeln.

Matthias zog Stephan, der noch bleiben wollte, hinter sich her, bis sie den Ausgang erreicht hatten. »Lass uns abhauen, bevor sie uns entdecken.«

Stephan machte einen enttäuschten Eindruck. »Schade, ich hätte gerne ihre Gesichter gesehen.«

»Und sie hätten uns gesehen. Meinst du, es waren Leute, die wir kennen?«

Stephan verzog seinen Mund. »Vielleicht. Obwohl in die Scheune jeder reinkommt.«

Sie kehrten später als sonst nach Hause zurück und bekamen dafür drei Tage Hausarrest aufgebrummt.

Der kommende Morgen brachte einige Aufregung in das Leben der Stucks, nachdem einer ihrer Arbeiter die Leiche eines fünfzehnjährigen Mädchens entdeckt hatte und zwar genau an der Stelle, an der die beiden Jungen das Liebespaar beobachtet hatten.

Matthias war inzwischen zum Schießstand zurückgekehrt. Wieder fragte er sich, was er hier wollte. Seit er das Foto Bernd Stucks in der Zeitung gesehen hatte, fühlte er sich unruhig und gereizt. Seine Gedanken zogen ihn immer wieder in die Vergangenheit zurück, rissen ihn aus seinem gewohnten Alltag. Was wollte er hier? Mit der Vergangenheit abschließen, vor der er geflohen war?

Drei Stufen führten vom Garten hinauf zum hinteren Eingang des Stuckschen Hauses. Der Flur dahinter war neu gefliest worden. Der alte Steinfußboden mit den schönen Ornamenten, die von den meisten Gästen mit Bewunderung und Lob bedacht worden waren, aber schon vor zwanzig Jahren überall Risse aufwies, existierte nicht mehr. An seiner Stelle gab es jetzt beigefarbene Kacheln, die nicht einmal zur Verschönerung eines Badezimmers beigetragen hätten.

Die Tür rechts führte geradewegs in die Küche. Dahinter lag die Gaststätte. Auf der linken Seite befand sich noch immer das Klo. Zufrieden stellte er fest, dass auch die Schwingtür erhalten geblieben war, die einem das Gefühl vermittelte, einen Saloon zu betreten, obwohl hier nicht ausgeschenkt, sondern weggespült wurde. Es folgte die Treppe, die nach oben in die Wohnung der Stucks führte. Unten befanden sich noch zwei Gesellschaftszimmer, in denen alle möglichen Veranstaltungen, von der Silberhochzeit bis zur Beerdigung, stattfanden.

Matthias überlegte, was er tun sollte. Einfach nach oben gehen, an die Tür klopfen und »Hallo, Bernd« sagen? Der Lärm, der aus dem Schankraum kam, klang nach Hochbetrieb. Deshalb war anzunehmen, dass sein Besitzer sich dort aufhielt und die Gäste bediente.

Er öffnete langsam die Tür. Der Lärm schwoll an. Qualm schlug ihm entgegen, der ihn fast zur Flucht bewogen hätte. Doch dann entschloss er sich hineinzugehen. Seine Erinnerungen an diesen Raum waren vage. Lediglich ein Geldspielautomat mit drei rotierenden Scheiben, den er, auf einem Stuhl stehend, mit Münzen gefüttert hatte, und ein Flipper waren in seinem Gedächtnis haften geblieben. Es schien so, als ob es mehr Tische gäbe als früher. Der größte dieser Tische war noch immer der Stammtisch.

Er stellte sich an die Theke und bestellte ein Bier. Eine dralle Dreißigerin in einem eng anliegenden schwarzen Kleid, deren Gesicht wie versteinert wirkte, stellte es so heftig auf den Bierdeckel, dass ein Teil der Flüssigkeit über den oberen Glasrand schwappte. Die andere Bedienung, ein Mann jenseits der fünfzig, machte einen freundlicheren Eindruck. Er kannte die meisten Gäste mit Namen und schien für sie so etwas wie ein Beichtvater zu sein. Bernd Stuck war nirgendwo zu sehen.

»Verzeihen Sie.« Matthias' Stimme klang fast entschuldigend, als er den Mann hinter der Theke ansprach. »Ich suche Herrn Stuck, Bernd Stuck. Ich dachte, ich könnte ihn hier treffen. Ich bin ein ehemaliger Schulkamerad von ihm.«

Noch bevor der andere antworten konnte, erhob die Frau ihre Stimme: »Der kommt vor fünf nicht nach unten.« Der Ton, in dem sie das sagte, ließ auf wenig Sympathie für den Besitzer der Gaststätte schließen. Vielleicht war die Frau aber auch nur gelangweilt oder überarbeitet. »Gehen Sie einfach nach oben und schellen Sie. Wenn Sie Glück haben, macht er ihnen die Tür auf.« Sie grinste hämisch und legte dabei ihr Gebiss bis zu den Zahnhälsen frei.

Matthias trank sein Bier aus und verließ das Lokal. Sein Herz schlug schneller, als er die Treppe hochstieg. Oben angekommen drückte er auf den Klingelknopf. Niemand antwortete. Er versuchte es noch einmal. Wieder keine Antwort. Er klopfte an die Tür. In der Wohnung blieb es still. Er wollte schon wieder gehen, als er auf die Idee kam, die Türklinke nach unten zu drücken. Später vermochte er nicht mehr zu sagen, warum er das getan hatte. Es war ein Impuls, dem er nachgeben musste.

Zu seinem Erstaunen war die Tür nicht abgeschlossen. Er betrat einen geräumigen Flur, dessen auffallendstes Stück eine antike Garderobe mit zwei ovalen Spiegeln war. Durch die geöffnete Tür eines Zimmers fiel Tageslicht in den ansonsten unbeleuchteten Raum. Er kam sich vor wie ein Einbrecher. Was würde passieren, wenn Bernd plötzlich auftauchte und ihn für einen Dieb hielt. Er fing an, laut zu rufen. Schließlich ging er zu der Tür, die offen stand.

Wie er vermutet hatte, handelte es sich um das Wohnzimmer. Der Raum war riesig. Und überaus geschmackvoll eingerichtet. Verschiedene Stilepochen waren vertreten, was ein wenig den Eindruck aufkommen ließ, man befände sich in einem Möbelmuseum. Wer immer diesen Raum gestaltet hatte, besaß ein besonderes Verständnis für Formen und Farben. Alles war harmonisch aufeinander abgestimmt und vermittelte den Eindruck von Ruhe und Wohlbehagen.

Matthias sah ihn erst, als er schon mitten im Zimmer stand. Er lag vor der cremefarbenen Couch, den linken Arm auf der Brust ruhend, den rechten abgewinkelt auf dem Teppich abgelegt. Das Gesicht war verzerrt, so als ob der Schmerz vor dem Eintritt des Todes heftig gewesen wäre.

»Bernd?« Matthias wusste, dass es sinnlos war, aber er wollte es nicht einfach akzeptieren. Jahrelang war nach dem Scheunenmörder gesucht worden und jetzt, wo eine Chance bestand, den Fall neu aufzurollen, starb derjenige, der am ehesten Licht in das Dunkel hätte bringen können.

»Bernd?« Matthias beugte sich über den Körper, legte zwei Finger auf die Halsschlagader. Er wollte sicher sein. Bernd war tot. Er brauchte keinen Notdienst mehr anzurufen und sich überflüssige Fragen stellen lassen. Er konnte einfach nach unten gehen und verschwinden. Leise schlich er die Treppe hinunter, so als ob er etwas mit Bernds Tod zu tun gehabt hätte. Glücklicherweise begegnete er keinem Menschen. Auf der Straße war er fast dankbar für den Lärm, der ihm entgegenbrandete. Verzweifelt hielt er nach einer Telefonzelle Ausschau, musste aber erst ein gutes Stück den Hügel hinaufgehen, bevor er eine fand. Er suchte Stephans Adresse im Telefonbuch. Den Namen Schüller gab es achtmal, zweimal tauchte er in Verbindung mit dem Vornamen seines ehemaligen Freundes auf. Da er wusste, dass Stephan als Internist arbeitete, rief er die angegebene Nummer an. Die Sprechstundenhilfe weigerte sich zunächst beharrlich, zum Doktor durchzustellen, gab aber schließlich nach.

»Stephan?« Vor lauter Aufregung versagte Matthias die Stimme. Er musste sich räuspern, bevor er weitersprechen konnte. »Bernd ist tot«, brach es aus ihm heraus, »Bernd Stuck.«

»Hat er es also endlich geschafft?« Stephan brachte die Worte ganz ruhig hervor. Es klang fast so, als ob der Mann am anderen Ende der Leitung froh darüber sei. »Von wem hast du es erfahren?«

»Ich habe ihn vor zehn Minuten gefunden.«

»Wo bist du jetzt?«

»Auf dem Weg zu meiner Mutter.«

»Wollen wir uns treffen?« Welch seltsame Formulierung. Für Matthias war es selbstverständlich, dass sie sich sehen sollten. Jahrelang hatten sie eine Begegnung vermieden. Jetzt standen die Dinge anders.

»Wir schließen die Praxis in einer halben Stunde«, hörte er Stephans Stimme sagen, die nichts aus der Ruhe zu bringen schien. »Ich gebe dir meine Privatadresse. Komm vorbei. Um vier?«

»Vier wäre wunderbar«, antwortete er und kam sich dabei äußerst dumm vor.

»Komm herein.« Stephan öffnete die Tür des Einfamilienhauses, das mit einem Dutzend ähnlicher Bauart am Rande des Wittringer Waldes stand. Er drückte ihm zur Begrüßung die Hand und bat ihn in die Küche. Matthias fragte sich, ob man ihn schnell wieder loswerden und ihn deshalb in der Küche abfertigen wollte; nachdem er den Raum allerdings betreten hatte, änderte er seine Meinung.

»Hier halte ich mich am liebsten auf.« Stephan zeigte auf einen blank polierten Holztisch, der von zwei bequemen Rattansesseln flankiert wurde. Der Blick aus dem Fenster fiel in einen üppigen Garten. Den Zaun zum Nachbargrundstück hatte eine Prunkwinde als Klettergerüst genutzt. Das dunkle Blau leuchtete in der Sonne.

»Ich wusste, dass du kommen würdest«, sagte Stephan, nachdem sie sich hingesetzt hatten. Er hatte eine Flasche Rotwein geholt und stieß mit seinem Besucher an.

»Du hast wirklich gewusst, dass ich kommen würde?« Matthias schaute sein Gegenüber erstaunt an. »Wieso?«

»Von deiner Mutter.«

»Ich wusste nicht, dass sie deine Patientin ist.«

»Ist sie auch nicht. Wir haben uns zufällig im Kaufhaus getroffen. Sie hat mir von dir erzählt, obwohl ich nicht danach gefragt habe. Daher weiß ich von den Zeitungen, die sie dir schickt. Als ich vor einigen Wochen das Foto von Bernd sah, war mir klar, dass du hier auftauchen würdest.«

»Aber wieso? «

»Weil wir beide damals geschwiegen haben.«

»Aber keiner hätte uns geglaubt«, protestierte Matthias.

»Wir hätten es versuchen müssen«, antwortete Stephan ruhig.

»Aber wir haben doch sein Gesicht gar nicht gesehen.«

»Aber die Tätowierung. Sie hätten Nachforschungen anstellen können, obwohl ich bezweifle, dass sie etwas herausgefunden hätten.«

»Warum haben wir denn geschwiegen?«, fragte Matthias.

»Das weißt du ebenso gut wie ich«, entgegnete Stephan.

»Wir haben das Verbot ignoriert, die Scheune zu betreten.«

»Es hat wohl eher mit dem zu tun, was wir damals miteinander gemacht haben.«

Matthias senkte den Kopf und schaute verlegen in sein Weinglas.

»Du hast es nicht vergessen?«

»Wie könnte ich das? Ich habe dich dazu angestiftet. Wir hatten beide Angst, dass sie von unserem heimlichen Spiel erfahren würden, wenn wir erzählt hätten, was wir gesehen haben.«

Matthias nippte an seinem Glas, schaute aus dem Fenster. Ihm war heiß. Sein Kopf glühte. Er unternahm einen Versuch, das Thema zu wechseln. »Wie hast du denn auf die Veröffentlichung des Fotos und die Tätowierung reagiert?«

»Ich hab es schon vorher gewusst.«

»Du hast was vorher gewusst?«

»Ich hab die Tätowierung schon früher gesehen.«

»Du hast sie …?« Matthias brach mitten im Satz ab. Seine Stimme geriet zu einem Krächzen.

»Er war mein Patient«, antwortete Stephan ruhig. »Seine Mutter

war an einem Herzinfarkt gestorben. Er wollte nicht ihr Schicksal teilen und ließ sich deshalb von mir untersuchen. Sein Blutdruck war viel zu hoch. Ich verschrieb ihm ein blutdrucksenkendes Mittel.«
»Und die Tätowierung?«
»Die hab ich erst beim zweiten Mal gesehen. Ich stellte ihn vollkommen auf den Kopf: EKG, Belastungs-EKG, Blutanalyse. Ich wollte eine eventuell schon vorhandene Herzschädigung ausschließen. Bei der Untersuchung sah ich seinen Arm. Von da an wusste ich, wen wir damals in der Scheune beobachtet hatten.«
Matthias atmete hörbar. »Aber wie konntest du sicher sein?«
»So etwas lässt sich nicht jeder einritzen. Außerdem gab es damals nur wenig Menschen mit einem Tattoo.«
»Aber es hätte neu sein können.«
Stephan schüttelte den Kopf. »Ich hab ihn gefragt. Hab ihm erzählt, dass es mir gefallen würde und interessierte mich dafür, wo er es hat machen lassen.« Er machte eine Pause. »Es war über zwanzig Jahre alt. Sein Vater besaß eine Tätowierung: Einen Anker am linken Oberarm. Der ist zehn Jahre zur See gefahren. Als Bernd vierzehn war, wollte er auch so etwas haben. Mit fünfzehn hatte er seinen Vater schließlich so weit. Sie sind deswegen extra an einem Wochenende nach Bremerhaven gefahren.«
»Und wieso ist uns der Segler vorher nie aufgefallen?«
»Wir haben Bernd doch nur selten gesehen, und da hat er meistens langärmelige Hemden getragen.«
»Weil er sie verbergen wollte?«
»Wen? Die Tätowierung? Wohl kaum. Er wollte eher den erwachsenen Mann rauskehren. Hemden mit kurzem Arm waren was für kleine Jungen.«
Matthias schien noch immer nicht überzeugt zu sein. »Gibt es noch weitere Beweise?«
»Ja, die gibt es.« Bevor er jedoch weitererzählte, stand Stephan auf und holte eine neue Flasche Rotwein.
»Sein Vater«, begann er, nachdem er sich wieder hingesetzt hatte, »sein Vater hat sich verraten.«
»Sein Vater hat von den Morden gewusst?«
»Er muss zumindest etwas geahnt haben. Nach dem Mord in der Scheune ist Bernd sofort ins Internat zurückgeschickt worden.«
Matthias erinnerte sich daran. Sie hatten sich damals darüber ge-

wundert, dass er nicht bis zum Ende der Ferien bei seinen Eltern geblieben war, es sich aber damit erklärt, dass der Ort eines so schrecklichen Verbrechens kein geeigneter Spielplatz für Kinder und Jugendliche sei.

»Du erinnerst dich sicher noch daran, dass nur wenige Monate später ein weiterer Mord geschehen ist. In den Herbstferien. Da war Bernd wieder zu Hause. Das Mädchen war vierzehn. Es wurde auf der Insel im See gefunden. Ihr Kopf lag im Wasser. Ihr Schlüpfer war zerrissen.«

Matthias seufzte. Er hatte das Gefühl, zu viel Wein getrunken zu haben, um der Geschichte noch weiter folgen zu können.

»Pass auf meinen Sohn auf, hat der alte Stuck zu mir gesagt, als er wusste, dass er sterben musste. Er darf keine Dummheiten mehr machen.«

»Er kann doch was anderes damit gemeint haben«, gab Matthias zu bedenken. Seine Zunge war schwer und beeinträchtigte den Fluss seiner Worte.

»Ich habe Nachforschungen angestellt. In der Nähe des Internats hat es damals innerhalb eines Zeitraums von zwei Jahren zwei Mädchenmorde gegeben. Die beiden Toten waren dreizehn und vierzehn Jahre alt.«

»Aber …«

»Warte.« Stephan hob die rechte Hand. Er wollte jetzt nicht unterbrochen werden. »Nach dem Abitur lebte er ein Jahr in einem kleinen Städtchen in der Nähe von Bordeaux in Südfrankreich. Was glaubst du, ist dort passiert?«

Matthias konnte es sich vorstellen. Er erinnerte sich daran, was Stephan am Telefon zu ihm gesagt hatte. »Hast du etwas mit seinem Tod zu tun?«

Sein Gegenüber zuckte mit den Schultern.

»Warum hast du gesagt, dass er es endlich geschafft hätte?«

»Sein Ende war vorauszusehen. Zu hoher Blutdruck schädigt die Gefäße und das Herz.«

»Nicht, wenn du Medikamente nimmst. Ich bin zwar kein Mediziner, aber meine Mutter lebt seit fünfzehn Jahren damit.«

»Bernd war Alkoholiker. Nachdem seine Frau ihn verlassen hatte, verfiel er vollends dem Suff.«

»Sie ist gegangen, weil er getrunken hat?«

»Das trifft es nicht ganz. Er hat randaliert und getobt, wenn er einen Rausch hatte. Einmal hat er sie dabei grün und blau geschlagen. Da hat es ihr gereicht.«
»Hast du etwas mit seinem Tod zu tun?« Matthias blieb hartnäckig.
»Warum fragst du mich das immer wieder?« Er wirkte nicht irritiert. Der Anflug eines Lächelns umspielte sogar seine Lippen.
»Deine Bemerkung am Telefon. Irgendwie klang das komisch. Und dann hast du mich sofort eingeladen.«
»Das findest du komisch? Wir waren als Kinder befreundet. Ist es da nicht selbstverständlich, eine Einladung auszusprechen. Das letzte Mal hab ich dich vor acht Jahren bei einem deiner seltenen Besuche in dieser Stadt flüchtig gesehen.«
»Entschuldige, ich ...« Matthias suchte nach Worten. »Es hat mit der Vergangenheit zu tun, damit, dass du mehr für mich warst als nur ein Freund. Damals in der Scheune ist mir das klar geworden. Vielleicht nicht wirklich klar. Es war eher ein unbestimmtes Gefühl, das in den Jahren danach stärker wurde.«
Stephan nickte. »Lebst du mit jemandem zusammen?« Er hatte die Hand über den Tisch geschoben, wagte es aber nicht, Matthias anzufassen.
»Nein, die Beziehung zu Jürgen ist seit ein paar Monaten zu Ende. Und du?«
»Deine Mutter hat dich offensichtlich nicht ausreichend über die gesellschaftlichen Ereignisse in dieser Stadt unterrichtet. Ich bin seit zwei Jahren verheiratet. Mit Christine. Wir haben einen kleinen Sohn, Leonard, der nächsten Monat ein Jahr alt wird.« Der Glanz in seinen Augen war nicht zu übersehen. »Er ist unser ganzer Stolz. Ich möchte nicht, dass ihm etwas zustößt.«
»Warum sollte ihm etwas zustoßen?«, fragte Matthias erstaunt.
»Kinder brauchen unseren Schutz und unsere Liebe«, antwortete Stephan, scheinbar ohne jeglichen Bezug zum Vorherigen. »Weißt du, wie viel Angst ich vor zwanzig Jahren um meine Schwester ausgestanden habe? Nachdem ich entdeckt hatte, wer für die Morde verantwortlich gewesen war, musste ich etwas tun. Ich habe seine Pillen vertauscht«, sagte er ohne einen Ton des Bedauerns in der Stimme.
»Du hast was?«
»Ich habe ihm nur beim ersten Mal ein Blutdruckmittel gegeben,

danach ein starkes Schmerzmittel, das auch bei Depressionen eingesetzt wird.«

»Er muss doch auf dem Beipackzettel gelesen haben, was er da einnahm.«

»Er hatte keinen Beipackzettel. Ich hab ihm die Tabletten aus meinem Bestand gegeben. Das Blutdruckmittel vertrug er sowieso nicht. Ihm wurde davon dauernd übel.«

»Aber er muss doch gemerkt haben, dass sich sein Blutdruck nicht veränderte: Hitze, Schwindel, Druck im Kopf. Hat er ihn denn nicht regelmäßig gemessen?«

»Davon hab ich ihm abgeraten. Das würde ihn nur verrückt machen, hab ich ihm erklärt. Er kam einmal in der Woche zu mir. Dann hab ich seine Werte nach unten korrigiert. Das Mittel war damals neu auf dem Markt. Ich wusste natürlich nicht, wie er darauf reagieren würde, aber es wirkte sich positiv auf seine Stimmung aus.«

»War dir klar, was passieren würde, als du die Medikamente vertauscht hast?«

Stephan nickte. »Eigentlich hab ich ihm doch einen Gefallen getan und ihm ein paar halbwegs glückliche Monate geschenkt an Stelle von vielleicht vielen furchtbaren Jahren.«

»Das ist zynisch«, sagte Matthias heftig.

Zum ersten Mal an diesem Nachmittag erhob Stephan die Stimme. »Und was ist es, wenn man Mädchen vergewaltigt und sie anschließend umbringt? Wie nennst du es, wenn eine Gegend in Angst und Schrecken versetzt wird und Mütter und Väter in Sorge um ihre Kinder nachts nicht mehr ruhig schlafen können?«

»Es gibt Gesetze. Richter haben die Legitimation, Urteile zu fällen, wir nicht.«

»Sie hätten ihm nie etwas beweisen können.«

»Einen Versuch wäre es aber wert gewesen.«

»Den hätten wir vor zwanzig Jahren starten sollen.«

Matthias schwieg. Stephan schaute aus dem Fenster. So saßen sie eine ganze Weile, bis sie hörten, dass die Haustür aufgeschlossen wurde.

Einen Moment später betrat eine hübsche junge Frau mit hellbraunem Haar die Küche. Sie begrüßte die beiden Männer mit einem Lächeln. Der Junge auf ihrem Arm, ein pausbäckiger Geselle mit strahlendem Gesicht, schaute zuerst seinen Vater, dann den fremden

Besucher an. Matthias war von diesem Kind fasziniert. Er begriff auf einmal Stephans Sorge, die Sorge aller Mütter und Väter um ihre Kinder. Ihm wurde aber auch klar, dass Eltern einen entscheidenden Einfluss auf ihre Kinder ausübten, wobei Liebe Stabilität bedeutete und Liebesentzug eine Katastrophe heraufbeschwören konnte. Er schaute wieder den Jungen an. Er könnte in der nahen Zukunft alles werden: Täter oder Opfer, Retter oder Zerstörer. Sie mussten ihm eine Chance geben.

Charlotta Sass
Nachtschichten

Der Zug fuhr durch die Randbezirke der Stadt, S-Bahn-Feeling, obwohl der ICE schnell und beharrlich an den gewohnten Haltestellen vorbeifuhr. Draußen schien die Sonne. Durch trüben Himmel und schmutzige Scheiben gefiltert verbreitete sie kaum Wärme. Mit geschlossenen Augen lehnte Franca sich gegen die Polsterung, die Haltung war unbequem, aber Franca rührte sich nicht.

Vor zwölf Stunden hatte sie genauso unbequem auf der Ambulanzcouch gesessen. Lavendelblausauber, aber innen nistete der Staub vieler Arbeitstage, und wer dem Bezug zu nahe kam, konnte den muffigen, staubigen Geruch, der den Raum beherrschte, noch deutlicher wahrnehmen.

»Wie im Hamsterkäfig«, hatte sie gedacht, es roch nach altem Staubstroh, gammeligem Futter und Hamsterpisse. Dabei waren nur Menschen im Raum. Sicherlich kam der Geruch von dem Hamster*dasein*, das sie führten. Fenster zu öffnen half wenig und nur, solange das Fenster offen war, außerdem wurde es rasch zu kalt. Eigentlich war es auch egal. Sie hatten den gesamten Abend Bagatellverletzungen gehabt. Ungeschickte, Betrunkene, Schläger. Eben das Übliche. Keine Fälle wie aus »Emergency Room«, sondern nur langweilige Routine, wie sie sich seit Jahren durch die Dienste zog.

Nach Mitternacht hatten sie die restliche Nacht in zwei gleichlange Schichten aufgeteilt und nun war sie dran. Sie konnte versuchen, ins Bett zu gehen und zu schlafen, aber ein Aberglauben sagte ihr, dass sie, sobald sie lag, wieder raus musste, um einen neu eingetroffenen Patienten zu behandeln. Also blieb sie wach und zählte die Minuten, die sie nun schon hätte schlafen können.

»Wann hast du eigentlich Urlaub?«, fragte die Schwester.
»Jetzt am Donnerstag. Morgen. Besser gesagt heute.«
»Heute? Hey cool! Wie lange? Was machst du?«
»Nur kurz. Bis nächsten Dienstag. Ich fahr an die Ostsee.«
»Warum so kurz?«
»Ich hatte noch drei Tage Resturlaub und ich muss einfach mal ein

paar Tage raus. Jedenfalls, ich freu mich schon total.« Das Gespräch erstarb wieder. Gestern, vorgestern und auch davor hatte sie an nichts anderes gedacht. Die bevorstehenden Tage an der See mit Strandspaziergängen, Wind und Ruhe waren der Strohhalm der letzten Zeit. Aber jetzt war Franca müde und sie konnte sich nicht aufraffen, ins Bett zu gehen.

Im Fernsehen stöhnte eine silikonbusige Blondine und forderte auf, eine 0190er Nummer anzurufen. Ann und Franca betrachteten den Bildschirm.

Das Klingeln der Ambulanztür war nachdrücklich. So klingelten Panische, Betrunkene oder Aggressive. Es klingelte noch einmal. Das war eindeutig ein Verstoß gegen die Regeln. Draußen neben der Klingel klebte ein Schild »Bitte nur einmal klingeln». Weißes Plastik mit ausgefrästen, roten Buchstaben.

»Was'n das für einer!« Ann stand wütend auf. Klapperte mit ihren Clogs Richtung Türöffner. Die Arzttür fiel mit einem Krach hinter ihr zu. Durch die geschlossene Tür hörte Franca den Öffner summen. Kaum zur Tür herein, begann eine männliche Stimme schnell und laut zu sprechen. Nach der Geschwindigkeit und der Tonlage kein Betrunkener. Wahrscheinlich also ein Besorgter oder ein Panischer.

Franca legte sich zurück und schloss die Augen. Im Fernsehen stöhnten immer noch irgendwelche Frauen. Schließlich ratterte der Drucker, der die Behandlungskarten einschließlich all ihrer Durchschläge bedruckte, und Ann kam wieder rein.

»Und was hat er?«

»Hat sich den Finger in der Autotür geklemmt.«

Franca stand auf, sah kurz in den Spiegel und ging mit der Behandlungskarte nach draußen.

»Guten Tag, mein Name ist Van t'Hoff. Ich bin die Dienst habende Ärztin. Was ist passiert?« Sie dachte an den Kollegen, der stets fragte: »Nun, was haben Sie angerichtet?«, worauf regelmäßig die Antwort kam »Ich habe nichts angerichtet!«. Ein kurzer Satz mit zwei Betonungen, eine auf dem Ich, eine auf dem Nichts. Unschuld. Schicksal.

»Mein Parkplatz war besetzt und als ich dann einen gefunden hatte, habe ich mir den Finger verletzt.« (*Unschuld und Fremdschuld verursacht eigenes Schicksal*). Der Patient war um die Fünfzig, er setzte sich auf die Untersuchungsliege und hielt den verletzten Finger so

weit von sich, als würden Unmengen von Blut herauslaufen und auf seine Kleidung tropfen.
»Und wie haben Sie sich verletzt?« *(wahrscheinlich im Zorn über den weggenommenen Parkplatz).*
»Am Auto, beim Zumachen« *(die sollte sich lieber mal meinen Finger anschauen).*
»Ich meine, haben Sie ihn sich eingeklemmt oder angerissen oder was ist passiert?« *(wenn er jetzt nur nicht wieder mit dem Parkplatz anfängt).*
»Ich weiß gar nicht genau, das ging so schnell. Beim Kofferraumzumachen habe ich ihn mir irgendwie eingeklemmt.«
Der Patient sah betrübt auf das Taschentuch mit winzigen Blutspuren, das er sich um den Mittelfinger der rechten Hand gewickelt hatte.
»Darf ich mal sehen?« Franca nahm das Taschentuch weg und betrachtete den Finger. Unter dem Nagel ein Bluterguss, daneben eine winzige Platzwunde.
»Das muss man röntgen, dann werde ich Ihnen ein kleines Loch in den Nagel machen, damit das Blut abfließen kann. Dann lässt auch der Druck und das Pochen im Finger nach. Die Wunde heilt von alleine, da muss man nichts machen.« *(Glücklicherweise, es ist gleich zwei Uhr).*
Der Mann wurde blass, Schweiß stand auf seiner Stirn. Wenn er sich noch weiter auf seinen Finger konzentrierte, würde er gleich umkippen. Eigentlich sollte sie ihn hinlegen, Füße erhöht. Sie sah nochmals auf die Uhr, nein, für so was war es schon zu spät in der Nacht.
»Haben Sie Ihren Kofferraum denn abgeschlossen?«, fragte sie, und fühlte sich einen Moment lang gemein.
Der Mann sah abrupt von seinem Taschentuch auf, Farbe kehrte in sein Gesicht zurück. Er fingerte mit der unverletzten Hand in seiner Sakkotasche und förderte einen Autoschlüssel zu Tage. Er hielt ihn hoch, als ob das alles klären würde.
»Ja, doch, natürlich«, sagte er dann *(oder doch nicht?).*
»Na, dann ist es ja gut.« Sie schwätzte über unabgeschlossene Autos vor sich hin, prüfte die Unversehrtheit der Sehnen, fragte nach der Tetanusschutzimpfung und schrieb einen Röntgenschein. Bevor der Mann wieder blass werden konnte, stand er auf dem Gang und sie erklärte ihm den Weg in die Röntgenabteilung. Dann wartete sie im Arztzimmer.

Es dauerte, bis der Patient wieder kam. Die MTA der Röntgenabteilung war beschäftigt gewesen. Franca fluchte. Inzwischen klingelte der Nächste. Ein Betrunkener mit Schädelplatzwunde. Während sie nähte, traf ein indischer Koch ein, der sich beim Fischschneiden verletzt hatte. Der Betrunkene hatte fast die ganze Zeit vor sich hin geschimpft, auf den Gang gepinkelt und war dann auf dem einem OP-Tisch ähnlichen Behandlungstisch eingeschlafen. Sie stand bei der Wundversorgung direkt neben ihm, atmete widerwillig seinen Gestank ein, unzureichend versteckt unter Mundschutz und Haube. Der Inder sagte keinen Ton, als er dran war. Als sie ihn nähte, sah er in die entgegengesetzte Richtung. An der Wand des Ambulanz-OPs hing eine Uhr, groß wie eine Bahnhofsuhr. Ihr Ticken und das Schnappen des großen Zeigers zur vollen Minute würde sie immer mit Müdigkeit, Alkoholgeruch und Nacht in Verbindung bringen. Gegen halb vier wurde es ruhig, ihre Schicht war sowieso zu Ende.

»Tschüss, ruhige Nacht noch!«, rief sie auf den Gang, irgendwo war Ann, sie würde es schon hören.

»Ja, Tschüss, dir auch!«, kam die Antwort aus dem Raum direkt neben ihr. So dicht, dass sie zusammenfuhr. Sie holte ihr Waschzeug aus dem Spind, dann fuhr sie mit dem Aufzug in den 10. Stock, wo sich die Bereitschaftszimmer befanden, schloss die Tür von »Chirurgie, 2.Dienst« auf und blieb einen Moment in der dumpfen Heizungsluft des Zimmers im Dunkeln stehen. Sie zog den Kittel aus, legte ihn auf den Stuhl, öffnete die Hose, liess sie fallen und stieg auf dem Weg zum Fenster heraus, ohne sie aufzuheben. Das Fenster besaß eine Sicherung, sodass nur ein schmaler Spalt zu öffnen war. Unter dem Kittel hatte sie noch das grüne OP-Hemd angehabt, es war mit Desinfektionsmittel und wenig Blut beschmutzt, aber das war jetzt nicht wichtig. Sie machte kein Licht an. Im Dunkeln legte sie Ambulanz- und OP-Schlüssel auf das Nachttischchen neben das Telefon, um sie notfalls schnell zur Hand zu haben. Sie legte sich in Unterhose und OP-Hemd ins Bett und rückte das Telefon zurecht, um später nicht danebenzugreifen.

Der Dienst vor einer Woche war im Wesentlichen gleich verlaufen. Franca war gegen Morgen ins Bett gegangen und hatte sich flach auf die Matratze gelegt. Sie hatte gefühlt, wie der Körper seine Spannung verlor, die Schwere der schmerzenden Füsse weicher und die vielen Stimmen des Tages leiser wurden. Dann waren draußen erste Vogelstimmen lautgeworden. Einzelne Zwitscherlaute aus den Schrebergärten, die sich nördlich des Krankenhauses erstreckten, die Welt war aus ihrer Versenkung wieder aufgetaucht. Vor 19 Stunden, als sie die Klinik betreten hatte, war die Welt versunken und fast schon vergessen. Franca hatte platt auf dem Rücken gelegen und an vergangene Sonnenaufgänge voller Vogelgezwitscher gedacht.

Es war fast Morgen und doch war noch kein Schimmer des kommenden Tages zu sehen gewesen, aber die Vögel waren wach und vom Fenster drang kühle, frühlingshafte Luft ins Zimmer. Sie hatte gedacht, dass sie ihr Leben ändern müsse. Weg von diesen Diensten. Wissend, dass sie nichts ändern würde, war sie einfach dagelegen, trotz Müdigkeit schlaflos. Zu wertvoll waren diese Momente, bei sich zu sein. Keiner würde jetzt anrufen, denn es war nicht mehr ihre Schicht. Wenn jetzt das Telefon klingelte, konnte es nur der OP sein. Sie hatte an die einförmigen nächsten Tage gedacht. Dann fiel ihr die Ostsee ein. Der lange Weststrand vom Darß. Salziger Wind, der an den Strandübergängen den Sand auf die Haut als spitze, kleine Nadeln peitschte. Jetzt im Spätwinter war es dort noch einsamer. Traumbilder tauchten auf, Schlafdenken; sie hatte sich auf die Seite gedreht, war eingeschlafen und wieder hoch geschreckt.

Ein paar Tage nur, das war es. Sie hatte noch drei Tage Resturlaub vom vergangenen Jahr, eben ein paar Tage nur, aber das war es. »Drei Tage Resturlaub«, hatte sie immer wieder gedacht. »Ein paar Tage nur raus, das ist es.« Alles wäre dadurch besser. Sie hatte sich den Strand vorgestellt, windverkrüppelte Kiefern, Schnee, Sonne, Wind. Mit der Sonne auf dem Gesicht war sie eingeschlafen.

Am Donnerstag erreichte sie den Zug nach Hamburg in letzter Minute. Morgens hatte es wenig Begeisterung gegeben, als sie nach dem Dienst noch vor der Visite verschwunden war, aber sie fühlte sich unschuldig.

Der ICE war unangenehm voll wie immer. Irgendwie hatte sich Franca noch aufraffen können und telefonisch einen Platz reserviert. »Wahrscheinlich neben so einem Anzug«, dachte sie und fühlte sich gleich wieder schlecht. Die Vorfreude war verflogen. Aber dann saß niemand neben ihr. Sie schraubte ihre Wasserflasche auf, trank, sah den Leuten auf dem Bahnsteig zu.

»Ist hier noch frei?«

Angesichts der zwei Kinder war sie versucht, nein zu sagen, nickte aber.
Die Frau trug ausgefallene Kleidung. Eine Kette mit roten Korallen und schönen Silberperlen. Dazu eine zweite, ebenfalls mit Silberperlen, aber mit gelblichen, stumpfen Steinen. Sie hatte eine weinrote Kappe auf und ihr Pullover hatte die Farbe der gelben Kette. Ihr Mund war schmal und zielstrebig, der Lippenstift korallenrot zu Kette und Mütze passend, sie ging mit den Kindern professionell um. Der Kleine durfte auf ihrem Schoß sitzen, während sich der Ältere mit einem Pokemonspiel begnügte. Irgendwas las er stammelnd sich selbst vor, und Franca war nach wenigen Minuten zu Tode genervt. Dann las die professionelle Mutter Leo, dem Kleinen, Gespenstergeschichten vor und anschließend suchten sie Waus in einer liegen gebliebenen Zeitung. Wahrscheinlich waren Waus pädagogischer als Wauwaus. Ein Anzug mit Handy und Laptop wäre vielleicht doch besser gewesen.

Sie versuchte, sich auf ihr eigenes Buch zu konzentrieren und klappte es nach ein paar Seiten zu. Den Kopf an die Scheibe gelehnt, döste sie halb vor sich hin. Zur Fahrtrichtung rückwärts sitzend raste die Landschaft hinter ihrem rechten Ohr hervor, war erst ganz nah und verschwand dann in der Ferne. Sie spielte mit der Scharfstellung der Augen auf verschiedenen Ebenen, bis ihr schlecht wurde. Dann war sie eingeschlafen.

Im Traum fühlte sie sich wach, mit einem Ohr auf dem Gang. Das Telefon klingelte und sie musste in die Ambulanz. Aber irgendwie fuhr der Aufzug immer weiter nach unten, sie konnte es deutlich im Magen spüren. Als ihr Telefon wirklich klingelte, schreckte sie hoch, der Aufzug wurde zum fahrenden Zug, und bis sie sich orientiert und ihr Handy in ihrer Jacke gefunden hatte, war das Klingeln vorbei.

»1 Anruf«, meldete das Display. Sie tippte im Menü nach unten und der Name mit Nummer erschien. Er. Sie starrte das Display an und schaltete das Telefon aus. Nachdem sie es weggesteckt hatte, suchte sie es wieder hervor und schaltete es wieder ein.

Es war ein milder Tag, wie im Frühling. Die Gerüche etwas dumpf, erdig. So sah es zumindest aus. Die professionelle Mutter mit den Kindern war inzwischen ausgestiegen. Hannover war schon durchfahren, und in einer Stunde würde sie in Hamburg umsteigen müssen.

Am Hamburger Hauptbahnhof kaufte sie eine neue Flasche Wasser, dann stieg sie in den Regionalexpress nach Ribnitz-Damgarten. Die Leute um sie herum sprachen mit nordischen Dialekt, und das beruhigte sie. Die kalte Stadt mit ihren Verrückten war schon weit weg. In Ribnitz-Damgarten musste sie noch einmal umsteigen und hatte lange Wartezeit, aber inzwischen war sie ausgeschlafen und fühlte sich gut. Franca telefonierte kurz mit dem Hotel, in dem sie ihr Zimmer reserviert hatte. Im Bus bat sie den Fahrer, ihr zu sagen, wann sie in Althagen wären.

Das Hotel lag nach den Prospektunterlagen im Zentrum, war blauweiß gestreift, ein typisch nordisches Gebäude und um das Gebäude ein flacher Anbau, fast wie ein Wintergarten. Ungewöhnlich, aber beides harmonierte und sah hübsch heimelig aus. Man hatte ihr gesagt, es sei wegen der gestreiften Fassade nicht zu verkennen und gleich in der Nähe der Haltestelle. Als sie das Haus erreichte, sah sie, dass die Beschreibung genau zutraf. Sie trat in das warme Licht des Einganges und meldete sich an. Ihr Zimmer war gemütlich, die Tapete zur Fassade passend ebenfalls gestreift. Franca packte ihre Tasche aus und ging wieder nach unten in die Lobby. Nach einer Quiche mit Salat und zwei Glas schwerem, guten Chianti ging sie ins Bett. Ein wenig betrunken, immer noch in dem Gefühl, Zug zu fahren. Beim Einschlafen glaubte sie, wieder im Dienstzimmer zu sein. Der kleine Leo aus dem Zug träumte währenddessen schon lange mit geballten Fäusten und verschwitzter Stirn von den Gespenstergeschichten.

Am Morgen wunderte sie sich, dass niemand sie geweckt hatte, aber dann hörte sie die ungewohnte Stille und begriff, dass sie nicht zuhause und auch nicht im Dienstzimmer war. Sie stand kurz auf, ging auf die Toilette und sah anschließend aus dem Fenster. Draußen begann gerade der Tag zu dämmern. Von hier konnte sie in der Ferne den Bodden erkennen. Franca legte sich wieder ins Bett. Als sie dann endgültig aufstand, hatte sie Kopfschmerzen und Hunger.

Nach dem Frühstück duschte sie und zog sich für einen Spaziergang an.

Von Althagen aus ging sie erst zum Hafen. Er wirkte klein und verlassen. Wo sich im Sommer Touristenmengen drängten, fand sich ein leeres Hafenbecken, nicht größer als ein öffentliches Schwimmbad. Auf der vereisten Fläche saßen Krähen und hackten im Eis, offensichtlich fraßen sie an etwas. Die Sonne schimmerte schwach auf der gefrorenen Oberfläche, die am Übergang zum offenen Bodden schon geschmolzen war. Sie ging weiter in Richtung Wustrow und kreuzte das schmale Land zwischen Bodden und Ostsee über den mit 17,5 Meter Höhe ausgewiesenen Bakelberg. Hier befand sich ein geodätischer Vermessungspunkt, und sie machte ein paar Fotos von den verschiedenen Himmelsrichtungen. Nach Westen war die offene See sichtbar, nach Osten das ruhige Binnengewässer des Boddens. An der Seeküste waren in regelmäßigen Abständen Schilder aufgestellt, die vor Betreten und Beklettern der Steilküste unter Androhung von »Lebensgefahr!« warnten. Sie wanderte am Hochufer der Steilküste nach Wustrow und lief auf der Seebrücke weg vom Land. Am Ende standen Fischer, die mit Wattwürmern Dorsche angelten, aber anscheinend heute nichts gefangen hatten. Die Männer waren in dicke wattierte Hosen und Jacken verpackt, manche mit Wathosen, andere mit Gummistiefeln und einige mit Stiefeln, die aus gummierten Füßlingen und Filzstulpen bestanden.

Franca stand auf der Brücke, sah in den Wind und die Sonne und dachte an nichts. Der Wind stach auf den Wangen, aber das machte nichts, solange der Rest des Körpers warm war. Sie blieb so lange, bis die Fischer nach ihr sahen. In einer Ecke des Plateaus stand ein Pärchen und küsste sich. Sie sah in die andere Richtung und ging weg.

Der Strand war mit ein bisschen Seegras, kleinen Miesmuscheln und Resten von Sandklaffmuscheln bedeckt. Dazwischen fanden sich überall die hübschen, bunten Ostseesteine. Es waren nicht wenige Menschen unterwegs. Viele mit feinen Schuhen, sodass sie vorsichtig auf dem schmalen Streifen zwischen ankommenden Wellen und weichem Sand balancierten. Nur hier war der Sand so fest und doch trocken, dass man mit solchen Schuhen spazieren gehen konnte.

Sie selber trug Männergummistiefel mit warmen Bergkniestrümpfen und ging durch die ankommenden Wellen. Die meisten Spaziergänger sahen auf den Boden, auf der Suche nach Bernstein, der hier immer wieder angeschwemmt wurde. Krümel, mit denen niemand etwas anfangen konnte und die zuhause irgendwo unbeachtet verstauben würden, aber es war Bernstein, und hier gab es ihn umsonst.

Auf dem Weg zum Strand hatte sie ein Kollege angerufen und sie etwas wegen eines gemeinsamen Patienten gefragt. Es war einer der

Kollegen, den sie richtig gerne mochte, und sie hatte sich gefreut, von ihm zu hören. Aber sie registrierte mit Unbehagen, dass sie auch hier nicht ohne ihr Handy rumlief.

Sie versank tief mit dem Gummistiefel in einem abgebrochenen Stück Steilküste und ihr lief Wasser in den Stiefel. Nicht viel, aber das war passiert, als sie mit dem Kopf wieder in der Klinik war.

Die Strecke nach Althagen zog sich hin, die Sonne war um 17 Uhr 14 untergegangen. Das konnte sie so genau sagen, denn sie hatte zugesehen, als um diese Zeit der letzte Sonnenrest in der Ostsee verschwunden war. Es wurde nun kälter, und das Steilufer war schwer erkennbar. Der Streifen zwischen Ostsee und dem nahezu senkrecht aufragenden Ufer war nur wenige Meter breit und schien in der Dunkelheit noch schmaler zu werden. Einzelne Schneeflocken taumelten durch die heranbrechende Nacht. Franca blieb stehen und versuchte Flocken mit dem Gesicht einzufangen. Eine landete auf ihrer herausgestreckten Zunge und schmolz. Sie lachte und fühlte sich gut.

Am Ufer tauchten aus der Dunkelheit plötzlich zwei Angler auf, die am Strand standen und auf Fischanbisse warteten. Sie hatten an ihren Angelspitzen grünschimmernde Knicklichter befestigt, die gegen den dunklen Himmel wie festgebundene, grünliche Glühwürmchen aussahen. Sie sprach ein paar Worte mit ihnen, wünschte ihnen viel Glück beim Fischfang und ging weiter.

Am nächsten Tag erinnerten sich die Männer, ja, da war kurz nach Einbruch der Nacht eine Frau alleine vorbeigekommen, sie hatte freundlich mit ihnen ein paar Worte gewechselt und gelacht. Nein, sie hatte nicht bedrückt oder bekümmert gewirkt. Ein wenig komisch sei es schon gewesen, allein, bei Einbruch der Nacht, aber jeder müsse schließlich selber wissen, wie er zufrieden sei. Sie sprachen mit ruhiger, dunkler Stimme. Selbstsichere Männer, die fast jeden Abend an der Küste fischten.

Während Franca weiterging, wurde der Schnellfall dichter, aber dann hörte er so überraschend auf, wie er gekommen war. Auf der Karte war eine Treppe eingezeichnet, die zurück auf das Steilufer und zu den Menschen führte. Das Handy vibrierte in ihrer Brusttasche. Ohne lange nachzudenken meldete sie sich. Er war dran.

»Du liebst mich gar nicht mehr!«

Franca seufzte und setzte sich in den feuchten Sand. »Von wo rufst du an?«, fragte sie.

»Ich bin kurz vor der Schweizer Grenze. Im Auto.«
»Wieso fährst du denn in die Schweiz?«
»Ich hole meine Frau ab.«
Franca schwieg, sie stützte sich auf die Ellenbogen und sah in den wieder klaren Himmel. »Nein, es ist nicht, dass ich dich nicht liebe, das ist nicht der Punkt. Es ist ...« – sie fand keine Worte »Es ist so sinnlos.« Das hatte sie eigentlich auch nicht sagen wollen, denn das war auch nicht der springende Punkt. Sie war einfach nur müde. Seit über zehn Jahren waren sie zusammen, wussten beide nicht, was sie eigentlich wollten. Sie hatte sich inzwischen von ihrem Freund getrennt, er hatte inzwischen eine Frau geheiratet, aber sie ließen nicht voneinander.

Das Gespräch zog sich hin, bekannte Argumente und Gegenargumente wurden ausgetauscht, als würden sie einander aus immer dem gleichen Buch vorlesen. Schließlich brach der Funkkontakt ab. Sie ließ die Hand mit den Handy sinken, dann öffnete sie die Finger und ließ das Handy in den Sand fallen. Sie merkte, dass ihr Po feucht vom Sand war, und stand auf. Zu ihren Füßen lag das Telefon, ein kleiner schwarzer Stein unter vielen im Sand. Sie drehte sich um und ging weiter.

Nach der Karte konnten es nur noch wenige hundert Meter sein, bis sie die Treppe erreichen würde. Ihr war kalt, und die Enge zwischen Meer und Küste wurde ihr unangenehm. Sie fühlte sich eingeschlossen, gefangen. Außerdem wurde der Streifen zwischen Ufer und Meer immer enger, die Sandabbrüche reichten teilweise bis in die anbrandenden Wellen und es war trotz der Gummistiefel schwierig, einen Weg zu finden.

Im Dunkeln kreischten Möwen über ihr. »Wie Geier«, dachte sie beunruhigt und überlegte krampfhaft, ob sie wusste, ob Möwen bei Dunkelheit flogen. Warum sollten sie auch. Hier unten gab es außer ihr nichts zu fressen. Ein Kinderlied fiel ihr ein: »Maikäfer flieg, dein Vater ist im Krieg, dein Mutter ist in Pommernland, Pommernland ist abgebrannt, Maikäfer flieg«. Ihre Großmutter hatte es ihr vorgesungen, obwohl sie das Lied noch nie leiden konnte und ganz früher immer weinen musste, wenn sie es hörte. Sie fand es grausam, wie die meisten Lieder und Gedichte für Kinder. Die heitere Melodie und der schreckliche Text, es hätte von Kafka sein können. »Du musst nur die Laufrichtung ändern«, sagte die Katze zur Maus und fraß sie.«

Das war von Kafka. Die Zeilen gingen ihr durch den Kopf, ohne Pause wiederholte sie sie, und langsam fing es wieder an zu schneien. Maikäfer flieg. Sie schwitzte vor Anstrengung, in dem weichen Sand voranzukommen. Die See war nun laut und brandete bösartig gegen ihre Füsse. Die Möwen schrien und das Ufer versank im Schneetreiben. Sie beruhigte sich, dass sie sich ja nicht verlaufen konnte, denn es gab ja nur zwei Richtungen, in die sie gehen konnte, vorwärts oder rückwärts.

»Vielleicht sollte ich die Laufrichtung ändern«, dachte sie. »Maikäfer flieg!«, sang sie und hörte kaum die Melodie, die der Wind gleich vor ihrem Mund abriss.

Vor ihr tauchte ein schwerer, mehr als mannshoher Betonbrocken auf, sie erkannte ihn erleichtert, denn sie hatte ihn schon auf dem Hinweg gesehen. Aus ihm ragten Stahltrossen, und am Beton befand sich ein Schild, das wieder auf Lebensgefahr beim Klettern hinwies. In der Dunkelheit konnte sie es als schwachen hellen Fleck erkennen. Zumindest wusste sie nun, wo sie war. Bis zur Treppe würden es noch knapp zwei Kilometer sein, oder zweitausend Meter, das klang weniger lang. Der Block ragte ins Wasser und es schien nicht ratsam, ihn auf der Seeseite zu umgehen. Schließlich kletterte sie durch das viereckige Loch, das sich im Block befand, und hoffte, das tonnenschwere Ding würde nicht ausgerechnet jetzt in sich zusammenbrechen.

Auf der anderen Seite wurde ihre Stimmung wieder besser. Ihre linke Hand blutete, wo sie sich die Handfläche an dem Beton aufgerissen hatte. Franca leckte das Blut ab, die Wunde fühlte sich erstaunlich tief an, tat aber nicht weh.

Sie ging weiter im dichten Schneetreiben. Inzwischen war die Nacht dunkel, wie eine Nacht ohne Mond sein soll. Nicht mit dieser diffusen Helligkeit, wie die nächtlichen Himmel über den Großstädten glimmen. Eigentlich war es eine tolle Nacht, die Flocken tanzen vor ihr, es roch nach Schnee und Gischt.

Sie ging zuversichtlich weiter, obwohl sie wusste, sie würde die Treppe auf das Ufer hinauf nicht erkennen können. Aber die Panik hatte sie verlassen und ihr Herz war ruhig und froh. Nur die Kälte hatte sie inzwischen bis auf die Knochen durchdrungen. Die Zeit verstrich und sie konnte nicht erkennen, wo sie war. Vielleicht war sie schon längst an der Treppe vorbeigegangen. Sie ging langsam.

Das Ufer war rutschig und unwegsam. Der Sand fühlte sich nicht wie Sand an, sondern wie saugender, klebriger Lehm. Sie rutschte aus und fiel hin. Wellen der See liefen in die Stiefel und leckten an ihren kältesteifen Knien. Das Meerwasser war wärmer als die Luft, stellte sie erstaunt fest. Und der Strand war so weich. Er schmiegte sich an ihren Körper. Sie legte den Kopf in den Sand und sah in den Himmel, der weich und weiß vor Schnee war.

Die Beamten, die am nächsten Morgen gerufen wurden, sahen die Frau, die völlig entspannt auf dem Rücken mit dem Kopf in ihren verschränkten Händen am Strand lag und in den Himmel blickte. Sie lächelte ein wenig, wie es Leute tun, wenn sie sich nach langer Zeit endlich wieder in die Sonne legen.

    Aber die Schneeflocken, die auf ihr Gesicht fielen, tauten nicht.

Klaus-J. Frahm
Wengers Restaurant

Die Sonne schien Wenger direkt ins Gesicht. Er wurde wach, weil er niesen musste. Das Bett hatte er, nachdem seine Frau gestorben war, mit Absicht so gestellt, dass er wenigstens im Sommer morgens von der Sonne geweckt wurde. Die Bilder von den schneebedeckten Bergen und der skandinavischen Winterlandschaft hatte er hängen lassen. Einmal, weil er sich an sie gewöhnt hatte, zum anderen, weil sie ihn an Erna erinnerten, die er vermisste.

Nie hatte sie in den Süden gewollt, immer nur in den Norden, in die Kälte. Ihr zuliebe hatte er immer Skiurlaub gemacht, ja fast schon selbst geglaubt, die Kälte des Nordens gefiele ihm besser als die Sonne des Südens. Nun war seine Frau schon über ein Jahr tot, und er war immer noch nicht im Süden gewesen. Mit fast sechzig Jahren ändert man Gewohnheiten, selbst wenn sie auf Zugeständnissen beruhen, nur schwer.

Die morgendliche Dusche war eine lästige Angewohnheit, die er dem Notariat schuldete, bei dem er seit nunmehr fast vierzig Jahren arbeitete. Als Rechtsanwaltsgehilfe, einem damals noch angesehenen Beruf, hatte er bei dem jungen Anwalt Hornbach angefangen, nachdem er seine Lehre bei Küster und Kahn abgeschlossen hatte.

Hornbach hatte in der alteingesessenen Kanzlei ein Jahr gearbeitet und Wenger, mit dem er rasch auf Du gewesen war, gefragt, ob er es mit ihm in einer neu zu gründenden Kanzlei probieren wolle.

Zuerst hatte er gezweifelt, ob eine kleine Stadt wie Herborn eine weitere Anwaltskanzlei tragen könne, dann aber doch zugestimmt. Durch die bald darauf erwachende Prozessierlust der Hessen hatte sich die Entscheidung als richtig heraus gestellt. Für Wenger bedeutete das fortan übertarifliches Gehalt. Nicht gravierend über Tarif, aber immerhin.

Vierzig Jahre, das war über die Hälfte seines Lebens. Nicht einen Tag war er krank gewesen. Darauf war er stolz, trotz allem. Die wenigen Arztbesuche, die notwendig wurden, hatte er nach Feierabend gemacht.

Hornbach war recht erfolgreich. Er hatte bald eine Sekretärin einstellen können, Erna, mit der Wenger dann fast 35 Jahre verheiratet gewesen war. Hornbach blieb unverheiratet. Nach ein paar Jahren war er zum Notar ernannt worden und machte nur noch lukrative Sachen, wie er es nannte. Reich war er damit allerdings auch nicht geworden, dafür war Herborn dann doch zu klein.

Die Schuhe brauchte er nur kurz mit einem weichen Tuch zu polieren. Sie wurden fast nie schmutzig bei seiner Art zu gehen und seiner Tätigkeit. Er warf einen Blick in den Spiegel im Flur, verließ die Wohnung und schloss sorgsam hinter sich ab. Seit Ernas Tod nahm er seinen Morgenkaffee in dem kleinen Stehcafé in der Fußgängerzone. Er liebte es, morgens durch das Fachwerkstädtchen zu schlendern. An den Häusern entdeckte man auch nach Jahrzehnten noch ab und zu ein Detail, das einem bis dahin entgangen war. Einen geschnitzten Kopf in Höhe des vierten Stocks, eine Tierfigur. Die Zimmerleute waren auch vor zweihundert Jahren zu Scherzen aufgelegt gewesen.

Das Ehepaar Wenger hatte sich kein Auto und auch keine Kinder angeschafft. Immer zur Miete gewohnt und trotzdem keine Ersparnisse angehäuft. Alles, was sie beide verdienten, hatten sie verlebt. Sie waren gern ins Theater gefahren, nach Gießen oder Siegen, hatten oft und teuer in Restaurants gegessen, und die Winterurlaube waren auch nie billig gewesen.

Um fünf vor acht betrat Wenger die Kanzlei. Fast vierzig Jahre, immer fünf Minuten vor der Zeit. Notarsgehilfen sind das Geheimnis der Zuverlässigkeit, die man Notaren zuschreibt. Sie legen wieder vor, was zur Wiedervorlage vorgesehen ist, und erinnern rechtzeitig an die Termine. Hornbachs Kanzlei wäre sicher im ersten Jahr Pleite gewesen, hätte Wenger nicht auf die Termine und Fristen geachtet.

So hatte Hornbach eigentlich nur durch ihn den Ruf erworben, zuverlässig zu sein, was seine Klientel schätzte. Wenger wurde dabei nicht wahrgenommen. Auch bei Prozessen hatte er mit der Zeit juristische Finessen aus den Gesetzbüchern gefischt, mit denen sein Chef glänzen konnte. Außer einem gelegentlichen »Was wär ich ohne dich, Kurt?«, war da aber nie etwas für ihn rübergekommen. Gewiss, übertariflich zahlte Hornbach, bildete sich auch etwas drauf ein, aber das taten eigentlich alle Anwälte bei guten Mitarbeitern. Gute Leute werden schließlich auch in diesem Gewerbe gelegentlich abgeworben.

Nach all den Jahren verband sie so etwas wie eine Freundschaft. Gelegentlich hatten die Wengers ihren Chef zu sich eingeladen, oder er sie in ein Restaurant. Hornbach war ein Mann ohne Ideen und Träume. Trotz ihrer guten Bekanntschaft verachtete Wenger ihn insgeheim. Im Grunde genommen war Hornbach genauso ein Versager wie er, dachte Wenger, nur einer, der mehr Chancen ungenutzt gelassen hatte.

Die fünf Minuten bis acht Uhr genoss Wenger. Er saß dann immer allein im Büro und schaute auf den Platz gegenüber, der über dreißig Jahre lang Ernas Platz gewesen war. Er träumte von der Sonne der Karibik und vom geruhsamen Leben eines Restaurantbesitzers. Um kurz nach acht kam Frau Schomber, die seit einem Jahr in der Kanzlei Ernas Stelle einnahm.

Wenger sah nun die Papiere durch, die er am vorherigen Nachmittag bereitgelegt hatte. Um zehn Uhr Termin mit Scharmann, der ein Objekt in der Stadt kaufen wollte. Die Summe von 1,2 Millionen war als Bankgarantie oder bar zu entrichten, bei Vertragsunterzeichnung. Scharmann war bekannt dafür, mit Bargeld zu kommen. Wenger wurde ein wenig unruhig.

Um acht Uhr dreißig betrat Hornbach die Kanzlei. »Moin Kurt!«

»Guten Morgen, Werner, ich müsste heute mal zum Arzt.«

»Klar, Kurt, wenn der Scharmann die Bürgschaft gebracht hat, kannst du die ja wegbringen und dann gleich weiter zum Arzt.«

»Ist gut, dann lass ich mir einen Termin für elf Uhr geben.«

»Was hast du denn, ist doch nichts Ernstes?«

»Nur 'ne Routineuntersuchung, muss auch mal sein.«

»Na, dann ist es ja gut. Irgendwas Besonderes heute Morgen?«

»Die Fischer-Sache muss heute noch raus, und um zwölf Uhr dreißig Essen mit Klotzer.«

»Ausgerechnet Klotzer, da kommt man nicht zu Wort und nicht wieder weg.«

»Da hat der Mann das Geld doch tatsächlich bar mitgebracht.« Hornbach schüttelte den Kopf. »Das musst du gleich zur Bank bringen, so viel Geld will ich nicht in der Kanzlei rumliegen haben. Bei so einer Summe hätte ich das nicht erwartet.«

»Ja, soll ich meinen Arzttermin absagen und gleich zurückkommen?«

»Nein, nein, ich denk doch, da kann nichts passieren. Geh du ruhig zu deinem Arzttermin, wir sehen uns dann wohl erst morgen früh wieder, ich geh nach dem Mittagessen mit Klotzer direkt nach Hause.«
Das Geld lag sauber gebündelt in einem Aktenkoffer. Wenger verschloss ihn und ging aus dem Büro. An seinem Schreibtisch blieb er einen Moment stehen, dann nahm er das Bild von Erna, das neben der Schreibtischlampe stand, und steckte es in sein Jackett. Noch ein flüchtiger Blick in die Runde und er verließ den Raum, nicht ohne Frau Schomber ein »Ja dann, bis heut Nachmittag« zu entbieten, was die ohne aufzublicken mit einem »Ich hab heut Nachmittag frei, danke«, quittierte.

Ohne zu zögern ging Wenger zu sich nach Hause. Er nahm die Tasche, die er seit ein paar Monaten gepackt auf dem Schrank stehen hatte, und schüttete das Geld hinein. Das Foto von Erna legte er oben drauf. Zum zweiten Mal verschloss er heute sorgsam seine Wohnungstür und verließ das Mietshaus, in dem er so viele Jahre gelebt hatte.

Um zehn Uhr sechsunddreissig saß Wenger in dem Zug nach Gießen. Dort stieg er um in Richtung Frankfurt, von wo er Anschluss nach Barcelona hatte. Morgen früh würde er dann in das Flugzeug in die Karibik steigen. Der Pass seines ehemaligen Schwagers lag in der Tasche. Morgen Nachmittag würde er schon ohne Krawatte am Strand liegen und die Sonne genießen. Und vor allem nie mehr arbeiten. Vor allem nie mehr für Hornbach.

»Wenn Sie den Koffer mit dem Geld nicht wieder beschaffen, bin ich ruiniert.« Hornbach schaute Kommissar Höflich an.
»Wir tun unser Bestes, es war aber doch leichtsinnig, so viel Geld einfach so durch die Straßen zu tragen.«
»Jaja, wer konnte denn auch ahnen …« Hornbach ließ den Satz unvollendet.
»Wir melden uns, wenn wir etwas herausgefunden haben. Auf Wiedersehen.« Höflich verließ die Kanzlei.

In Kingston verließ Wenger das Flugzeug. Er mietete sich in einem Hotel ein und öffnete seine Tasche. Er schüttete sie auf dem Bett aus. Da lagen die Bündel mit seinem Glück. Er nahm eines und ließ es durch die Finger gleiten.

Das war kein Geld. Er riss die Banderole ab. Zuoberst war ein Tausender, darunter Farbkopien, einseitig.
Hektisch riss er alle Päckchen auf, vierundzwanzig Stück, jedes mit fünfzig Scheinen. Jedes enthielt einen Tausender und neunundvierzig Kopien. Vierundzwanzigtausend Mark, mit Glück konnte er davon zwei Jahre überleben.
Zurückkehren war unmöglich. Er war ein gesuchter Verbrecher. Den Rest seines Lebens in einem deutschen Gefängnis zu verbringen, schien ihm nicht erstrebenswert. Dieser Scharmann, der hatte doch wohl nicht im Ernst geglaubt, er käme damit durch, und Hornbach, dieser Idiot, wieso hatte der die Päckchen nicht überprüft.
Eine Nacht konnte er sich leisten in diesem Hotel. Am nächsten Morgen suchte er sich etwas Billigeres.

Wenger hatte sich an das Leben gewöhnt. Er lebte sparsamer als zuhause und hatte sich eine kleine Wohnung in Strandnähe gemietet. Das erste Jahr war noch relativ sorglos gewesen, dann hatte er anfangen müssen, Geld zu verdienen. Gelegentliche Einnahmen durch Touristen, die er umher führte. Immerhin, er konnte am Strand liegen, lebte in einer brutalen, aber heißen Welt, und wurde in Ruhe gelassen.
Eines Tages, als ihn die Sorgen um seine Finanzen wieder mal auf Jobsuche trieben, sah er in blauer Schrift ein neues Schild an einem Strandrestaurant: »Wengers Restaurant« stand da. Etwas erschrocken und neugierig ging er hinein.
Er setzte sich an die Theke und bestellte sich ein Bier. »Hat das Restaurant einen neuen Besitzer?«, fragte er den Barkeeper.
»Ja, ein reicher Deutscher hat es gekauft. Der hat immer davon geträumt, im Alter auf Jamaika zu leben. Ein sehr netter Mann.«
»Hallo Kurt, du hier, das ist aber eine Überraschung. Wie geht's dir denn?«, sagte eine Stimme, die Wenger bekannt vorkam.
Er drehte sich um und sah vor sich Hornbach, der offenbar nicht sehr überrascht war, Wenger hier zu sehen.
»Werner, wie kommst du denn hier her?«
»Weißt du, ich hab immer davon geträumt meinen Lebensabend hier zu verbringen.«
»Aber wieso hast du das Restaurant nach mir benannt?«
»»Wengers« heißt es nach dem, der mir zu dem nötigen Kleingeld

verholfen hat. Was du trinkst geht natürlich auf das Haus, mein Lieber.«

»Woher hast du gewusst, dass ich mit dem Geld verschwinden würde?«

»Naja, in vierzig Jahren nie während der Bürozeit beim Arzt, und auf einmal … Ich kenn dich doch inzwischen lang genug, Kurt. Willst du nicht für mich arbeiten, wie wär's?«

Kathrin Schrocke
Vroni wartet und träumt vom Süden

Ich warte. Ich habe mein ganzes Leben lang gewartet. Früher als Kind auf meine Mutter. Sie war Kellnerin unten in der Sportgaststätte, und ich möchte nicht wissen, wo das Geld herkam, das sie »nebenbei ranschaffte«, wie sie es gerne ausdrückte. Später habe ich auf irgendjemanden gewartet, der mich aus diesem Loch rausholte. Mir war egal, wer es war. Damals glaubte ich noch an die Liebe. Heute bin ich älter und vernünftiger.

Das Warten stört mich nicht. Die meisten Leute verbringen ihr Leben damit, auf irgendetwas zu warten. Auf das Nachmittagsprogramm im Fernseher, auf den Eismann oder einfach besseres Wetter. Ich bin geduldig geworden.

Ich sitze in meinem knarrenden Lehnstuhl auf der Veranda, eine veilchenblaue Stola über den Knien und lausche dem Wind, der zärtlich durch die Blätter der Bäume rauscht. Manchmal fallen mir die Augen zu, und ich lehne mich leicht zurück.

Manchmal werfe ich einen Blick auf meine Hände. Alt sind sie geworden wie auch der Rest an mir. Alt und faltig. Hände, an denen die Zeit ihre Spuren hinterlassen hat.

Ich bin nicht eitel. Ich habe keinen Grund dazu.

Mein Leben ist so gut wie vorüber. Ich sage das mit Reue, denn es gibt Vieles, was ich gerne gemacht oder gesehen hätte. Ich bin nie aus dieser Stadt herausgekommen. Manchmal scheint es mir, als hätte ich auch dieses Haus nie verlassen. Ich lebe hier seit 73 Jahren. Als meine Mutter gestorben ist, hat sie es mir vererbt. Das Haus und eine Menge Kleider und Hüte und Schmuck. Ich werde verärgert, wenn ich daran denke. Wir hatten nie genügend zu Essen im Winter und kein Geld für Holz. Aber Pelze hat sie gehabt, ganze Schränke voll.

Meine Mutter starb im Herbst, und der Jägerverein blies die Hörner für sie. Der ganze Ort gab ihr das letzte Geleit, und in der Wirtschaft trank man auf sie einen über den Durst. Noch Monate später wurde über ihren Tod gemunkelt. Überfahren, mitten auf beleuchteter Einfahrt. Und dann mit so viel Geld in den Taschen. Und das arme Mädchen – so jung und nun ganz ohne Eltern. War doch der Vater damals schon über allen Bergen verschwunden, und nun auch noch die Mutter weg ... einfach totgefahren, welche Tragödie!

Ich habe im Frühling geheiratet, weil eine Frau allein nichts ist auf dieser Welt.
Ich habe im Frühling geheiratet und hatte Maiglöckchen im Haar. Im Sommer waren die Blumen zu kleinen grauen Staubflocken vertrocknet, und Mutters Kleider, Hüte und Schmuck verkauft. Eine Frau allein ist nichts auf dieser Welt. Aber noch weniger ist sie, wenn sie einen Mann hat, der säuft und spielt.

Die Jahre verstrichen, während ich in »Sonjas Schönheitseck« unzufriedenen Hausfrauen die Dauerwellen legte und den Pony föhnte. Die Farben dieser Welt habe ich am Ansatz der Frisuren meiner Kundinnen gesehen. Für Urlaub reichte es nie – mein Mann vertrank, was ich nach Hause brachte. Und in meiner Generation pflegt man nicht, sich etwas einzubilden auf sein Leben.

Meine erste richtige Freundin fand ich mit fünfundsechzig. Die schönste Zeit meines Daseins verbrachte ich damit, auf Rita zu warten. Rita war neu ins Nachbarhaus gezogen. Eine junge Witwe mit hellen Strähnen im roten Haar. Sie brachte mir das Kegeln bei und das Lachen. Von nun an verbrachten wir unsere Mittwochabende im Obergünzer Kegelverein, wo wir um Preisgelder spielten.

Sie hat immer gesagt, wenn einer von uns beiden das ganz große Geld macht, dann geht's ab in den Süden. Dann reisen wir mit dem Flugzeug und lassen uns auf Kamelen spazieren tragen.

Fliegen wie ein Vogel. Daran hätte ich in meinen kühnsten Träumen nicht zu denken gewagt. Und Kamele habe ich nur einmal gesehen – als ein Zoo vorne am Festplatz Station machte. Für zwei Mark habe ich es gestreichelt, aber es hat sich wiehernd von mir abgewendet.

Mein Mann denkt, ich bin blöd. Die meisten Männer denken das von ihren Frauen. Aber er irrt sich. Ich habe keinen Schulabschluss und weiß nichts von Mathematik oder Biologie. Und vielleicht stimmt es, wenn er behauptet, meine Intelligenz beginnt und endet an den beiden Enden des Lockenstabs. Aber das, was wirklich wichtig ist im Leben, das weiß ich.

Ich lese oft, wenn ich warte. Früher auf der Arbeit waren es die Magazine, die ich in den Mittagspausen verschlungen habe. Jetzt im

Alter sind es die Lexika, die es mir angetan haben. Ich lese und merke mir. Ich merke mir alles, was merkenswert ist.

Hätten sie gewusst, dass in Amerika jährlich 400 Menschen vom Blitz erschlagen werden? Schneller Tod. Schnell und sauber. Aber auf Blitze zu warten habe ich mir abgewöhnt.

Es wird kalt auf der Veranda, und ich reibe meine alten Füße aneinander. Je älter man wird, desto kälter wird das Leben.

Eine andere fantastische Todesart: wenn man Muskat intravenös verabreicht, hat es eine tödliche Wirkung. Ich habe immer frische Muskatnuss zu Hause. Muskat ist ein gutes Gewürz. Wer hätte das gedacht?

Manche Menschen sagen, dass Warten müde macht. Bei mir ist das nicht der Fall. Je länger ich warte, desto wacher und aufmerksamer werde ich. Gestern war Mittwoch, und ich habe auf Rita gewartet. Zwanzig Minuten. Dann rief sie an um abzusagen. Jeder ist mal krank. Kegeln ist das Einzige, was das Leben noch irgendwie erträglich macht. Natürlich bin ich alleine hingegangen.

Jetzt fällt mir doch noch etwas Amüsantes ein. Vor etwa einem Monat las ich in einem Apothekerblatt, dass man sich tatsächlich totlachen kann. Einem Mann ist das im Kino passiert. Ein schöner Tod. Zu schön. Und außerdem gibt es schon lange nichts mehr zu lachen.

Die Kegelveranstaltung findet im Keller des Pfarrheims statt. 15 Mark Startgeld ist eine große Summe. Eine große Summe für jemanden, der nie viel Geld besessen hat. Die Veranstaltung dauert von acht bis elf Uhr.

Im ersten Durchgang habe ich das Preisgeld der Stadtsparkasse gewonnen. 4000 Mark für drei gelungene Spiele. 4000 Mark. Man muss nur lange genug warten.

Man kann auch sterben, wenn in einer Spritze, die man gesetzt bekommt, eine Luftblase ist. Die Luftblase wandert durch das Blut bis zum Herzen. Ein grausamer Tod. Grausam und sicherlich schmerzhaft.

Ich bleibe immer bis zum Schluss. Aber ich habe auch noch nie den Jahreshauptpreis gewonnen. Diesmal bin ich sofort nach Hause gerannt. Ich wollte es Rita erzählen. Ich habe an die Haustüre geklopft, aber sie hat mich nicht gehört. Also bin ich an ihr Schlafzimmerfenster. Vielleicht hätte ich diesmal besser gewartet.

Jetzt weiß ich, wie es ist, seinen Mann mit der einzigen Freundin im Bett zu sehen. Nicht dass ich von Alfred irgendetwas anderes erwartet hätte. Nein, es war eher Rita, die mich enttäuscht hat. Rita, meine beste Freundin. Meine Kegelpartnerin und Seelenvertraute.
Die Abende hier sind lau, und manchmal trägt der Wind Musik aus den Biergärten zu mir herüber. Ich schließe die Augen und wiege mich langsam im Takt der Klänge. Warten ist manchmal unheimlich schön.
Als er dann endlich auf die Veranda kommt, eine Fahne Alkohol im Schlepptau, bin ich fast enttäuscht, dass die Warterei ein Ende hat. Er setzt sich auf die Stufen und greift nach dem Krug Wasser und trinkt gierig. Alfred ist über siebzig, wie ich. Aber Sport treibt er täglich – und anderes, wie ich seit gestern weiß. Unser Arzt hat ihm ein langes, gesundes Leben prophezeit. Zu lang für mich.
Alfred ist immer durstig. Er hat immer einen Brand. Morgens nach den Runden, die er im Stadthallenbad dreht. Abends nach den Schnäpsen, die er sich am Stammtisch gönnt.
Er setzt den Krug an die Lippen und trinkt den Rest aus, die Wasserperlen laufen ihm das Kinn entlang und verfangen sich in seinem grauen, gestutzten Bart. Alfred wischt sich über den Mund und gibt einen grunzenden Laut von sich. Mich würdigt er wie immer keines Blickes. Dann verschwindet er im Wohnzimmer, und der unsägliche Ton des Fernsehers erklingt.

Vielleicht werde ich tatsächlich verreisen. Im Winter, wenn es kalt und düster ist. Vielleicht werde ich mich am Weihnachtstag von Kamelen durch die Wüste tragen lassen. Ich glaube nicht, dass ich Rita mitnehmen werde.
Wie ich so dasitze und warte, merke ich, wie nun doch die Müdigkeit in mir aufsteigt.
Ich lehne mich zurück und gähne schläfrig.
Erst kürzlich habe ich in einem komplizierten aber interessanten Artikel etwas Erstaunliches gelesen. Wenn sie Hausfrau sind, wird sie das umso mehr faszinieren. Wussten Sie, dass es absolut tödlich ist, eine größere Menge destilliertes Wasser zu trinken? Fragen sie mich nicht näher … es hat etwas damit zu tun, dass dem Wasser die Salze und Mineralien entzogen wurden, was dann dazu führt, dass dem Trinkenden die Zellen platzen. Eine zugegebenermaßen eklige Vorstellung.

Aber nun ja. Ich sagte Ihnen ja bereits, dass ich mir alles merke, was merkenswert ist. Ich stehe auf, hebe mit meinem Stofftaschentuch den Krug vom Tisch hoch und stelle ihn wieder neben das Bügelbrett. Aber auf eine alte, ungebildete Frau würde vermutlich sowieso kein Verdacht fallen. Dann setze ich mich ruhig zurück in meinen Lehnstuhl. Und warte. Zum zweiten Mal an diesem Tag.

Thomas Barth
Der Liebhaber, der Dieb, sein Koch und die Frauen

Bei alledem: Ich begreife es nicht! Ich begreife nicht, wieso mich das Gesicht von Maria bis hierher verfolgt. Nein, ich bin nicht religiös, zumindest nicht im üblichen Sinne. Und von Jungfräulichkeit kann in diesem Zusammenhang auch keine Rede sein. Ich begreife nur nicht, wieso mich eine gewisse Erinnerung selbst hierher verfolgt, in die Einöde am Rande Europas, nach Jütland. Dieser Miniaturkontinent aus Gischt, grauen Dünen und sturmgepeitschtem Schilf, um es mal poetisch auszudrücken, sollte eigentlich etwas Ablenkung bieten. Draussen tobt der Wind, rüttelt an den Zeltstangen und lässt mich nur ungern an meine vorhin verlorene Gegenlichtblende denken. Ich war schon zu müde, um noch im Schlamm herumzukriechen und sie aus einer Pfütze zu klauben. Und der einsetzende Regen tat ein Übriges, mich zurück ins Zelt zu treiben.

Als ich diesen lausig bezahlten Fotoauftrag meiner Hamburger Agentur annahm, wollte ich allem davonlaufen: Den irren Tagesberichten vom Krieg auf dem Balkan. Dem steten Niedergang meiner Roten Kadergruppe seit Gorbatschows Verrat am Sowjetischen Volk, der ihm, nebenbei gesagt, einen schönen Einstieg ins Werbegeschäft eröffnet hat. Der Weltkommunismus ist dahin, aber der letzte ZK-Vorsitzende grinst uns mit seinem Blutschwamm auf der Glatze bald von jeder Cornflakes-Packung entgegen. Vielen Dank, da kann man ja gleich auf Müsli umsteigen. Bloss weg hier! Das platte Jütland mit seinen bräsigen Bauern und noch schweigsameren Fischern ist nach all dem kein schlechtes Rückzugsgebiet, schätze ich. Wochenlang allein mit der Kamera unterwegs – besser kann man dem heutigen Elend wohl kaum entkommen oder vielmehr seinen zynisch auf Unterhaltung getrimmten Bildern.

Nun ja, entkommen wollte ich wohl vor allem der üblen Geschichte mit Maria. Es ist bitter, wie sich eine Liebesbeziehung in eine quälende Orgie gegenseitiger Verletzungen verwandeln kann. Am liebsten ausgetragen vor grossem Publikum, was Maria angeht. Ein

Seelen-Wrestling, bei dem ihre Fangemeinde stets grösser sein wird als die ihres Peinigers. Und das mit Recht, denn sie ist ja auch ein bedauernswertes Opfer des egoistischen Unholds, an dessen Seite ein grässliches Schicksal sie jeweils verschlagen hat. Ich kann die Stürme der Entrüstung gut nachvollziehen, schliesslich stand ich selbst beim vorletzten Match ganz vorne im Publikum. Ihr Ex-Freund erschien mir seinerzeit als cholerischer Unsympath, vor dem sie dringend meines Schutzes bedurfte. Der wahre Sinn seines irren Gelächters, als ich den letzten Ehekriegsschauplatz mit meiner schluchzenden Beute verliess, ging mir erst viel zu spät auf. Zunächst genoss ich die, wie ich meinte, wohlverdienten Wonnen einer in jeder erotischen Hinsicht erregenden und erregbaren Frau. Ich konnte damals nicht ahnen, dass jeder Tag im Himmel ihrer sexuellen Wollust mit deren zwei in der Hölle ihrer Launen bezahlt werden sollte. Bis schliesslich mir selbst die Rolle des Unholds zufiel. Es ist ein ewiges Trauerspiel, dass entfaltetes erotisches Talent bei Frauen so oft mit einer Neigung zu zerstörerischen Hassimpulsen vergiftet ist. Zunächst natürlich gegen ihre allzu schnell verflossenen Liebhaber, im Grunde genommen aber gegen sich selbst. Das immer gern uns Männern unterstellte Bild »Entweder-Hure-oder-Ehefrau-und-Mutter« wuchert wohl doch vornehmlich in der weiblichen Psyche.

Ein Donnerschlag reisst mich aus meinen nutzlosen Grübeleien. In so einer Nacht hört man im Heulen des Sturms manchmal unheimliche Geräusche. Hier stammen sie vermutlich von Füchsen oder Nerzen, die ihren Pelztierzüchtern entwischt sind. Eine rasche Serie von Blitzen erleuchtet das Zelt taghell und lässt mich bemerken, dass ich wohl Stunden auf den kreisenden Sekundenzeiger meines Reiseweckers gestarrt habe. Maria ist abgehauen, ausgerechnet mit Buchhalter Krause, dem deutschnational-verklemmten Oberspiesser. Nicht, dass Krause zu den schweigsamen Büromenschen gehören würde, die Jahre neben dir arbeiten, ohne dass du auch nur sagen könntest, ob sie in ihrer Freizeit kleine Kinder massakrieren. Eher schon zu der noch schlimmeren Kategorie der redseligen Urlaubsberichterstatter und Konsumabenteurer, in deren Angestellten-Universum der ausgereizte Dispositionskredit den letzten Nervenkitzel darstellt. Solche Typen triffst du überall, selbst hier in den Dünen marschieren sie dir zackig vor der Linse herum und vermasseln die besten Aufnahmen. Zuhause haben sie vermutlich eine Sammlung von Wochenschauen aus dem Hause Goebbels, die »guten« Folgen 1939 - 41, als es noch schneidig vorwärts ging, und beten am Hausaltar zu Odin für ihre nächste Beförderung. Es blitzt und donnert jetzt fast gleichzeitig. Schlafen scheint in so einer Nacht unmöglich, zumal es nun auch noch im Zelt zu tropfen beginnt. Aber meine Gedanken werden in der Wärme des Schlafsackes träger. Das Gewitter entfernt sich, der prasselnde Regen scheint in eine sanfte Melodie überzugehen, die warmen Sonnenschein mit sich bringt ...

Im hellen Schein der Morgensonne breitete sich der weisse Sandstrand der Nordsee vor Arthur aus. Die Luft war kristallklar, und wäre die Erde eine Scheibe gewesen, Arthurs Blick hätte Norwegen oder linker Hand Schottland und dazwischen das ferne Island streifen können. Hier im jütischen Norden Dänemarks konnte man die Weite der Landschaft atmen. Sie schmeckte nach Salz, wie geriffelte Kartoffelchips. Arthur marschierte den Strand entlang, während der Sand unter seinen Füssen in der Sonne langsam heisser wurde. Zum Glück keine Spur von dem Penner mit der Kamera, der hier gestern die ganze Zeit herumturnen musste. Zuerst hatte Arthur gedacht, der Knabe wäre auf die FKK-Frauen scharf, aber er machte mehr auf Künstler und knipste zehnmal denselben Baumstamm. Wahrscheinlich schwul wie Winnetou. Und lästig, schliesslich war Arthur inkognito hier – und das nicht ohne Grund. Von einigen Männern sagen die Leute, sie seien nur ein kleiner, von anderen, sie seien fetter Fisch. Arthur lächelte bei diesem Gedanken und stockte dann. Vor ihm lag ein dunkler Körper im Sand. Auf dem Herweg hatte er den Kadaver unbegreiflicherweise übersehen, so sehr hatten ihn die Ereignisse der letzten Tage beschäftigt.

Der tote Delphin sah im ersten Moment aus, als wäre er mutwillig an Land gekrochen. Doch Arthur bemerkte, dass verschiedene nagefreudige Seetiere sich schon längere Zeit an seinem gedrungenen Körper zu schaffen gemacht haben mussten, ehe die nächtliche Flut ihn ans Ufer gespült hatte. Seine winzigen scharfen Zähne hatten sich zu einem letzten gierigen Biss in den Sand gebohrt. Glücklicherweise roch der tote Tümmler nicht sehr unangenehm. Etwas nach verwesendem Fisch zwar, aber nicht so pestilenzartig wie ein Schaf, das Arthur vor ein paar Jahren einmal am irischen Strand gefunden hatte. Auch eine Steilküste dort. Nichts für Schafe. Es war abgestürzt, trotz des lebenslangen Mitlaufens in der Herde. Hier lag nun eine andere Spezies, ein Raubtier. Aber es ging ihm nicht viel besser.

Arthur fragte sich, ob man daheim in Düsseldorf schon seine Unterschlagungen entdeckt hatte. Wahrscheinlich nicht. Der Juniorchef war ein kompletter Idiot, und die Firmencomputer waren so gründlich sabotiert, dass die Reparatur der Festplattenverzeichnisse Tage dauern würde. Bis dahin würden die Zulieferer längst Wind von der drohenden Pleite und kalte Füsse gekriegt haben. Nächste Woche würde die Sache spätestens auffliegen, wenn der Alte aus der wohlverdienten Sommerfrische zurück käme: Die ersten Ferien seit Jahren, nicht, weil er besonders unentbehrlich gewesen wäre, sondern wegen seiner berechtigten Sorgen um eine Entdeckung diverser krummer Geschäfte. Bis zum grossen Knall war noch viel Zeit, und zuerst würde ihn sowieso keiner verdächtigen, schliesslich war Arthurs Urlaub seit Monaten angemeldet und ordnungsgemäss genehmigt. Und selbst wenn der Alte schliesslich begreifen würde, wohin seine Millionen verschwunden waren: Zur Polizei zu gehen wäre Kamikaze, bei all den Steuerhinterziehungen und schwarzen Konten. Der Fiskus würde ihn weit kräftiger rupfen wollen als die Gläubiger, deren Ware Arthur unter der Hand vertickt hatte.

Am frühen Morgen hatte Arthur von japanischer Literatur geträumt. Ein Professor hatte die Namen verschiedener Autoren an eine grosse dunkle Tafel geschrieben und einen besonders hervorgehoben, aber die Schrift war unleserlich – Hari oder Huro? Arthur hatte im Traum so angestrengt versucht, den Namen zu entziffern, dass er aufgewacht war. War es der Name eines jener Schriftsteller gewesen, die er in jüngeren Jahren verschlungen hatte? Vor allem Natsume Soseki hatte es ihm angetan und sein unvergesslicher Tor aus Tokio: »Was? Mein Messer ist nicht scharf genug? Ich werde dir zeigen, wie scharf es ist!« – Und er schnitt sich in die Hand bis auf den Knochen. Arthur wäre auch gerne ein Draufgänger gewesen, manchmal wenigstens. Diesmal war es ihm vielleicht gelungen: kein hinterfotziges Herumgemache mit falschen Spesenabrechnungen wie bei all den anderen, sondern jahrelange preussische Korrektheit. Aber dann ein generalstabsmässig geplanter tückischer Verrat – Blutrausch, Tod und Vernichtung! Die Firma stand bis Monatsende vor der Pleite, wenn der Chef nicht seine illegalen Geheimkonten in der Schweiz plündern würde. Man sollte eben keine Japanologen zu Buchhaltern umschulen. Arthur schmunzelte innerlich und übte sich in einem asiatisch-unergründlichen Lächeln.

In den Dünen lag eine nackte Frau. Seit Arthur seine Wanderung begonnen hatte, musste sie es sich dort auf ihrem Handtuch bequem gemacht haben. Er änderte die Richtung seiner Schritte etwas, um näher an ihr vorbei gehen zu können. Eine nordische Schönheit, gross, mit breiten Hüften, deren unordentlich geflochtener, dunkelblonder Zopf sich zwischen ihren nicht sehr gebräunten Schulterblättern kringelte. Auf dem Bauch liegend und in ein Taschenbuch vertieft hatte sie Arthur noch nicht gehört, sodass er den Schritt verlangsamen und seinen Blick über ihre Rundungen gleiten lassen konnte. Sie sah auf und mit einer ruckartigen Bewegung unfreundlich an ihm vorbei in die Richtung, in die er verschwinden sollte.

Er erreichte den Kamm der Dünen und verharrte einen Moment, die Brandung im Rücken. Das sattgrüne Land breitete sich unter ihm aus, von der Küstenstrasse durchschnitten und mit den braunen Tupfern der Ferienhäuser gesprenkelt. Über dem Horizont hing eine einzelne, fette Wolke, strahlend weiss, wie auf einem Gemälde von Magritte. Einen Augenblick erschien Arthur die Situation irreal. Als wäre er völlig aus seinem normalen Leben gerissen. Als wäre er auf der Flucht und hätte eine Leiche im Kofferraum. Dabei waren es bloss anderthalb Millionen Schwarzgeld, das meiste davon rechtzeitig in Kilobarren Feingold umgesetzt. Der debile Landarbeiter Ole hätte Augen gemacht, hätte er das gewusst, als er gestern Mittag Arthurs Audi aus dem Sand zog. Die Landbevölkerung lebte hier stumpfsinnig wie das Vieh vor sich hin. Anders in der japanischen Tradition. Dort kam der freie Bauer, der das Korn einer rauen Natur im harten Kampf abtrotzt, gleich nach der Kriegerkaste, die ihre liebe Not hatte, seiner Verschlagenheit einen angemessenen Tribut abzunötigen. Dem japanischen Bauern wurde mehr Respekt gezollt als den Meistern der Handwerkskünste, und weit mehr als der ehrlosen Kaste der Händler und Krämer, seiner eigenen Kaste, wie Arthur beschämt feststellte. Aber damit war nun Schluss, er zog sich mit der reichen Beute seines Raubzuges in die Berge zurück. Nach dem Vergraben des Schatzes wäre er gestern Nacht fast noch über das Zelt dieses Penners gestolpert, der ihn den ganzen Tag beim Inspizieren der Gegend genervt hatte. In Deutschland hätte so einer mitten im Touristengebiet längst die Polizei auf den Plan gerufen. Aber bis hier ein dänischer Dorfpolizist aufkreuzen würde, konnte schon ein Weilchen vergehen. Auch gut, solange nur der Isomatten-Robinson nicht zu viel Neugier entwickelte. Das kräftige Gewitter dürfte jedoch, beruhigte sich Arthur, alle Spuren verwischt haben.

Ein Schwall Wasser lässt meine Hand hochzucken. Ich sehe noch die Wellen eines zerklüfteten Strandes vor mir, wie sie gierig nach dem Klavier von Maria greifen. Ein Konzertflügel, der obere Teil in Form eines Sarges, an dessen Deckel ich mich verzweifelt klammere und immer wieder ihren Namen rufe. Ich muss das Instrument höher hinauf ziehen, um sie zu retten. Ein erneuter Schwall kalten Wassers lässt die Szenerie versinken. Ich wische den Tropfen fort, der sich an der Zeltbahn entlang bis zu meiner Nase vorgearbeitet hatte. Es ist Tag. Die Sonne blinzelt ins Zelt, und der Wind heult nur noch leise durch die Dünen hinter der jütischen Steilküste. Fabelhaft. Das Licht wird gute Aufnahmen des Kliffs ermöglichen, vor allem, wenn ich meine Blende wieder finde.

Die Sonne scheint mir angenehm warm ins Gesicht. Ich schaue blinzelnd zur Küste hinüber, wo der Bach die lehmige Klippe durch ein selbstgefressenes Tal verlässt und ins Meer strömt, wie Blut aus einem verendeten Wal. Die Bilder der jütischen Szenerie wecken im Betrachter leicht ein Gefühl von Unwirklichkeit. Kein Problem für den Fotografen, der sein Handwerk versteht, davon etwas einzufangen. Vielleicht ist dies mein Beitrag zum Untergang des Abendlandes, die Wahrheit der Aufklärung, des Verstandes und der Vernunft durch die flüchtigere Wahrheit des Auges zu ersetzen. Was ist geblieben von den Visionen des Kommunismus, von der grossen russischen Revolution? Ein paar Filmaufnahmen, Bilder des machtvoll gestikulierenden Genossen Lenin, wie er die Volksmassen agitiert; ein etwas humanerer Kapitalismus, was paradoxerweise eher der Arbeiterklasse der westlichen Länder zugute kam. Jetzt, wo das Gegenmodell fehlt, braucht man anscheinend selbst diesen humanen Anstrich nicht mehr und alle Errungenschaften fallen stückchenweise der politischen Reaktion zum Opfer. Arbeiterparteien, Gewerkschaften, Genossenschaftsbewegung auf dem Rückzug, nur ein paar Widerstandsnester der Spassguerilla lassen die grosse Knochenmühle zuweilen holpern. Im Osten sieht es noch schlimmer aus: Die Prachtbauten des Kreml sind zerfallen, die grossen Traktoren wieder dem kleinbäuerlichen Pferdepflug gewichen; was bleibt ist letztlich nur das Hungern für den freien Markt, sind die Bilder einer vergangenen Zeit.

Ich gehe langsam den Hügel hinab, höre meine Knochen knacken. Mit kleinen, vorsichtigen Schritten arbeite ich mich durch den Schlamm des winzigen Tales, in dem mich gestern das Unwetter von weiteren Aufnahmen einer bizarren Sandsteinformation abgehalten hatte. Ich werde die Blende schon finden – schon wieder nur ein Stein! Noch ein paar Quadratmeter, dann reicht es mir und das blöde Ding muss bis nach dem Kaffee warten. Ich wende meinen Blick von der Küste in das sonnendurchflutete Tal auf der anderen Seite der Klippe, welches von zwei mächtigen Seen erfüllt wird – einer in rötlicher Färbung, einer gelbgrün. Die Algen, die abhängig vom Mineralgehalt in solchen Seen wuchern, verursachen je nach Lichteinfall die sonderbarsten Farben, mehr an Bildern, als ich je mit der Kamera einfangen könnte. Ich steige aus dem sumpfigen Gelände wieder auf und sehe plötzlich – meine Blende. Sie steht aufrecht auf einem Felsen, den ich vorhin passiert haben muss, ohne sie zu bemerken. Hatte ich sie gestern doch schon gefunden? Und vielleicht zum Trocknen auf den Felsblock gestellt? Ich kann mich nicht erinnern. Ich entsinne mich nur meiner rastlosen Grübelei, die sogar von den visuellen Eindrücken dieser majestätischen Naturkulisse kaum zu unterbrechen war. Ich persönlich bräuchte keine Fotos. Mein Auge nimmt die Dinge normalerweise wahr wie eine Kamera, mein Hirn speichert sie perfekt ab. Ich habe mich nie über den Eindruck eines Fotos gewundert, kaum je ein Detail erst in der Vergrösserung entdeckt. Der Bildband über Jütland ist in meinem Kopf praktisch schon fertig. Ich weiss schon jetzt, über welche Auswahl des Verlages ich mich ärgern werde (»zu morbide, dieser verweste Delphin, das verdirbt unserem Kunden den Appetit«), ahne schon, was die Agentur für Werbezwecke beschlagnahmen wird.

»Mein Name ist Arthur.«
Der lästige Spiesser von gestern ist direkt vor mir aufgetaucht und lässt sich durch meinen vermutlich blöden Gesichtsausdruck nicht aus der Ruhe bringen. Cool bleiben.
»Das macht doch nichts.«
»Ich habe vorhin das Objektiv gefunden und auf den Stein gestellt. Es scheint ja Ihnen zu gehören?«

»Jetzt schon. Nein, im Ernst, ich hatte hier gestern Aufnahmen gemacht und die Blende dabei verloren. Schönen Dank auch. Ich revanchiere mich gern mit einem Bierchen – ich hab 'nen Kasten Jever rübergeschmuggelt.«
»Nein danke, ich trinke keinen Alkohol.«
»Dann eben nicht. Umso besser, bleibt mehr für mich.«
Irgendwie erinnert mich der Kerl an Buchhalter Krause, ist wahrscheinlich den ganzen Tag unterwegs, um nackte Weiber zu spannen. Wieso hat er die Blende nicht behalten? Ein Anfall von preussischer Korrektheit? Ihm jetzt noch dankbar sein zu müssen, kotzt mich an. Seine selbstzufriedene Blasiertheit kotzt mich an, hindert mich aber nicht, unbemerkt ein paar Fotos von dem unsympathischen Zeitgenossen zu machen. Auch was dich ankotzt, ist ein Motiv, und so ein Spiesser kotzt mich hochgradig an. Vor allem, wenn ich mir Maria mit so einem im Bett vorstelle. Wie er sich die Zinsen seines Bausparvertrages ausrechnet, damit er nicht zu schnell kommt. Verbeugung. Lächeln. Jetzt imitiert er beim Gehen auch noch einen Japaner – Samurai Arthur, der Furchtlose, verlässt mit gemessenen Tai-Chi-Schritten das Feld. Einmal ein Flackern der Angst in den Augen von so einem Spiesser knipsen, das wär's jetzt.

Die Begegnung mit dem Möchtegern-Künstler hatte Arthur aufgewühlt. Beim Suchen nach seinem Objektiv hätte der Kerl um ein Haar noch Spuren von der nächtlichen Aktion gefunden. Mit seinem ausgefransten Trenchcoat fühlte er sich hier bestimmt wie Indiana Jones. Gerade solche Penner stolpern zuletzt über einen Haufen Goldbarren. Ob er beim Fotografieren auch ihn abgelichtet hatte? Höchstwahrscheinlich. Womöglich hatte er auch Nachts hinter ihm herspioniert? Nein, da hätte er schon ein Nachtsichtgerät gebraucht. Arthur brach der kalte Schweiss aus. Wenn nun der Alte doch zur Polizei gehen sollte: Grossfahndung nach flüchtigem Buchhalter, Arthurs Konterfei auf allen Mattscheiben! Vielleicht sollte er das Gold wieder ausgraben, aber was dann? Erkannt werden konnte er woanders auch, aber wenn er schnell weiterreiste, hinterliess er hier wenig mehr als die Fotos. Der lästige Penner hatte sich zu einem gefährlichen Zeugen gemausert.
Zurück in seiner kleinen Pension nickte Arthur Jens Jensen, dem dänischen Wirt, wohlwollend zu, der in seiner Küche neben dem

Empfang das Tagesmenü zubereitete. Wie die meisten seiner jütischen Landsleute machte Jensen den ganzen Tag über einen verschlafenen, aber trotzdem rundum ausgeruhten Eindruck. Als hätte er gerade nach einer langen erholsamen Nacht gut gefrühstückt und wäre bemüht, sich bis zum reichhaltigen Mittagessen nicht allzu weit von seinen angenehmen Träumen zu entfernen. In welchem Land würde man sonst einen Lederkoffer mit dreihundertfünfzigtausend Deutschen Mark in bar einfach unter dem Hotelbett zurücklassen? Rundum freundliche Leute, diese Dänen, selbst zu deutschen Urlaubern. Man lebte den Sommer über von ihnen, schimpfte gelegentlich hinter ihrem Rücken über die Betonbunker, die hier von Hitlers Atlantikwall zurückgeblieben waren, und amüsierte sich im Winter über englische World-War-II-Komödien, in denen fette, brutale und überaus dumme Nazis haufenweise niedergemäht wurden.

Im Fernseher hinter dem Wirt liefen deutsche Nachrichten aus dem Satellitenkanal. Am zehnten Jahrestag der deutschen Wiedervereinigung war in Düsseldorf ein Brandanschlag auf die Synagoge nur knapp von einer Nachbarin vereitelt worden. Es gab Bilder einer Überwachungskamera, die zeigten, wie die Frau das mit mehreren Brandsätzen nicht sehr intelligent gelegte Feuer in wenigen Sekunden austreten konnte. Bei der Schändung der Gedenkstätte des Konzentrationslagers Buchenwald hatten die Täter in der gleichen Nacht mehr Glück gehabt. Warum nannte man Vandalismus in solchen Fällen eigentlich eine Schändung? Den Tätern gab dies vermutlich das erhebende Gefühl, mit ihrem geist- und risikolosen Zerstörungswerk wenigstens eine Art Vergewaltigung begangen zu haben. Deprimierend. Es folgten Sturmwarnungen, ein Sturmtief nähere sich vom Polarmeer der Nordsee. Verstohlen setzte Arthur seinen Flachmann an die Lippen. Ein lästiger Zeuge mit Fotofimmel, bei dessen Verschwinden kein Hahn mehr nach ihm krähen würde. Sturm. Wen die Nordsee hier verschluckt, der würde so schnell nicht wieder auftauchen. Vielleicht eine günstige Gelegenheit für Käptn Arthur-San, seine Segelkünste mal wieder unter Beweis zu stellen ...

»Sagen Sie mal, Herr Jensen, kann man Ihre Segeljolle eigentlich mieten?«

Ich muss total verrückt sein, heute noch mit dem Spiesser rauszusegeln. Vor allem jetzt, wo ein Sturm in der Luft liegt. Dass der verklemmte Langweiler hier niemand anderen zum Segeln finden konnte, ist kein Wunder. Wahrscheinlich denkt er, mit mir zusammen kommt er leichter an die Weiber ran. Pustekuchen! Mit dem Krawattenmann auf Urlaub hier in der Hafenpinte Neckermannmiezen anzubaggern – kommt nicht in die Tüte. Aber einmal Panik in seinen Augen sehen, das wär's jetzt. Und der Warmduscher denkt allen Ernstes, ich wäre scharf auf ein paar verwackelte Urlaubsfotos von der Steilküste, zum Totlachen! Die Linse im Anschlag – und rein in den nächsten Strudel!

»Sieht ja man bannig nach Sturm aus, heute Mittach, was, Jens Jensen?«

»Jo, Ole, da hest du wohl man Recht mit, sieht bannig nach Sturm aus.«

»Und die beiden Touristen fahrn da grade heute um de Klippe rum.«

»Jo, fahrn se wohl grade heute rum.«

»Is das da eigentlich n besonners Fernglas, Jens Jensen?«

»Is für nachts, weisst ja, wegen die Füchse.«

»Die holn dir sonst glatt nachts die Nerze aus dem Stall, was, Jens Jensen?«

»Kann passiern, Ole, kann passiern.«

»Und die fahrn bei Sturm da grade heute um de Klippe rum, bei die starke Strömung.«

»Jo, fahrn se wohl grade heute rum.«

»Dabei war das Leck in der Jolle noch gar nicht richtig dicht, was, Jens Jensen?«

»Och, das wird man schon halten. Und nu mach tau, Ole, wi müssen nu noch was utgraben.«

Jens Jensen verstaute in aller Ruhe sein Nachtsichtgerät zusammen mit dem schweren Lederkoffer im Geräteschuppen und schulterte die beiden Spaten.

Jonas Torsten Krüger
Wer tötet für einen Vogel?

»Da, ein Satellit«, meinte Veersen und stocherte mit dem Zeigefinger in der Sommernacht herum.
»So 'n Schiet!«
»Doch, Bernie. Dieser Punkt da oben, heller und schneller als ein blinkendes Flugzeug.«
Bernhard riss sich von der Grillkohle los, die bei jedem Windkuss schamrot aufglomm und starrte zu den Sternen.
»Hast du ihn?«, fragte Veersen. »Sieht mir nach einem Militärischen aus, weil er von Nord nach Süd fliegt. Die Zivilen nehmen die West-Ost-Route.«
»Du verarschst mich.«
»Ganz und gar nicht. Vielleicht macht der sogar gerade ein Foto von uns.«
»Menschenskind!« Bernhard schüttelte den Kopf. »Ich hol uns lieber noch 'n paar Bratwürste. Die Kohle zieht jetzt richtig gut.« Gemächlich ging er durch den Garten und verschwand im Haus.
Um Horst Veersen schnarrten die augustheiseren Grillen. Fasziniert folgte er immer noch dem Satellitenstern. »Wie ein Vogel, ein leuchtender Phoenix am Himmelsfirmament«, murmelte er. Lange stand er einfach nur da. Schauend.
Das dumpfe Schnappen hörte er nicht. Da war nur ein Schmerz in der Brust, der Gedanke an einen Infarkt und blutige Spucke.
Als Bernhard endlich zurückkam, zwei angestochene Würste in der Hand, von denen Fett tropfte, sagte er nur: »Mann, so 'n Schiet!«

Knechter war ohnehin wach. Hatte das dünne Laken weggestrampelt, lauschte der Nacht hinterher und schwitzte – einfach zu schwül heute. Deshalb war er fast froh um den Anruf. Eine Stunde später war er in Bremersmoor und sinnierte über die abgelegenen Kuhkäffer. Weit auseinandergezogene Häuser, ein paar Ställe, zwei, drei Läden und wenn's hochkam eine einzige Kneipe. Das Haus des Opfers stand ein gutes Stück vor dem gelben Ortsschild am Rand eines sich mühsam behauptenden Birkenwäldchens. Die Fotofritzen waren schon da, ein lange nicht gewaschener Streifenwagen, eine Rotkreuzkutsche und Björns Renault. Der Junge war auf Zack.

Kommissar Knechter schaute auf sein Handgelenk: bald Mitternacht. Immer noch war es warm, die Nacht seltsam still, und eine schwach schimmernde Milchstraße teilte den Sportplatz der Sterne in zwei Mannschaften.

Knechter drängte sich durch die Leute – Schaulustige. So viel konnten doch unmöglich hier wohnen. Ein flaches Haus auf kleinem Hügel und ein großer Garten, wo die Blitzlichter Gewitter spielten. Knechter ging weiter und tippte einem der Dorfbullen auf die Schulter.

»Knechter, Moin. Was ist passiert?«

»Kripo?« Dem Kerlchen musste verdammt heiß sein in der krötengrünen Streifenuniform.

»Genau.« Knechter kramte die Plakette raus und hielt sie dem Hinterwäldler hin. Das gefiel ihm am besten an seinem Job: wichtig die Marke zücken und sie als Schlüssel für viele Türen nutzen. Jedenfalls zog er viel lieber seinen Ausweis als die Kanone. »Bin eher Derrick als Schimanski«, erklärte er gerne, wenn ihn jemand fragte. Aber das passierte in letzter Zeit auch nicht gerade häufig.

»Was ist denn nu?«, blaffte er den Jungen an, ging aber weiter, als er seinen Assistenten entdeckte. In gerade noch akzeptabler Entfernung zum Tatort stand Björn und paffte an einer selbst Gedrehten.

»Hallo, Björn!«

»Ah, Knechter.«

»Und, wen jagen wir diesmal? Einen Bauern, dem der Tote 'ne Kuh geklaut hat?«

»Viel schlimmer, Chef, viel schlimmer. Wir sind auf der Suche nach Robin Hood. Hier rennt ein Irrer mit Pfeil und Bogen rum ...«

Das Fotogewitter hatte sich fast ganz verzogen, zwei Weißkittel warteten schon, und der schwarze Leichensack lag auf dem frisch gemähten Rasen wie ein Stück Ölpest am Strand. Knechter beugte sich über den Toten, Ende fünfzig vielleicht, mit Grauhaar und Falten. »Wieder einer, der den Ruhestand knapp verpasst«, brummte Knechter. Der Mann war auf den Bauch gestürzt, hatte dabei einen Grill mitgenommen und lag angekohlt mitten im kleinen Kohlenhaufen. Hatte dem Krematorium schon ein bisschen Arbeit abgenommen. Der Kommissar blickte fragend zu Heinrichsen von der Spurensicherung, wartete auf das Nicken und drehte den Körper um. Direkt da, wo heute Morgen noch das Herz schlug, ragte eine winzige Metallspitze aus der Brust.

»Als würd man wieder Cowboy und Indianer spielen, nech?«, meinte Heinrichsen. »Pfeile wie im Urwald.«

»Darf ich mal?«, mischte sich ein Typ um die dreißig ein, der mit seinen rasierten Haaren aussah wie ein zu kurzgeratener Bruce Willis.

»Bernhard Bredekamp. Ich, ich hab ihn gefunden.« Der Ex-Grillpartner der Leiche beugte sich neben Knechter. »Kein Pfeil, Herr Kommissar«, meinte er dann. »Dat is'n Bolzen. Von 'ner Armbrust, wissen Se?«

Horst Veersen, geboren kurz vorm Weltkriegsfinale, Lehrer in der Grundschule drei Dörfer weiter, Bio und Physik, keine Frau, keine Kinder, keine nahen Verwandten.

Gut, dachte Knechter. Wenigstens musste er nicht einer heulenden Familie vom Ableben des Ernährers berichten.

»Was hältst du davon, Björn?«

Sie saßen in Veersens Haus, immer noch mit vorschriftsmäßigen Gummihandschuhen über den Fingern, und stöberten herum. Der Assi hob nur die Schultern.

»Habt ihr draußen schon was entdeckt?«, fragte Knechter.

»Nö, aber ich hab das Grundstück absperren lassen. Bevor die Dorftrottel hier in der Nacht alles plattwalzen, sollten wir bis morgen warten und selbst suchen.«

Knechter brummte zustimmend. »Es muss Spuren geben. So 'ne bescheuerte Armbrust wird ja wohl nicht allzu weit schießen können. Irgendwo stand der Kerl und wartete. Was ist mit diesem Bredekamp, ist der noch da?«

Björn nickte und gähnte gleichzeitig. Die neue Zigarette verhinderte gerade so, dass er einschlief. Es war kurz nach zwei.

»Dann hol ihn doch bitte her, ja?«

Das Interview war verwirrend – entweder saß vor Knechter ein totaler Spinner oder ein erster, heißer Tipp.

›Bernie‹ Bredekamp erzählte, was passiert war und setzte zur Schlusspointe an: »Ich glaub, ich weiß, was los ist.«

»Ach.« Auch Knechter spürte langsam, wie die Augen kleiner wurden. »Was denn?«
»Nun, Veersen war, genau wie ich, Mitglied im Nabu.«
»Toll. Klingt wie 'ne Geheimloge oder 'ne Spielzeugfirma.« Bredekamp grinste. »Naturschutzbund is' dat.«
Knechter wollte brummen, ließ es aber doch bleiben. Was sollte denn das jetzt? Ökoheinis und Umweltkacker?
»Nun ja«, machte der Bruce-Willis-Verschnitt weiter. »Wir ham' hier schon 'ne ganze Weile Probleme. Is' wegen der Armbrust, nech? Also, wir, der Horst und ich, wollen seit Monaten ein paar Arschlöcher drankriegen, die Vögel jagen. Wilderer, wissen 'Se?«
Oh Mann. Also ging's doch um geklaute Dorfkühe oder was?
»Ich verstehe nicht, Herr Bredekamp,«.
»Sagen 'Se ruhig Bernie. Ham 'Se Kenntnisse in Ornithologie?«
Knechter wollte nicht sagen, an was ihn dieses Fremdwort erinnerte und schüttelte nur den Kopf.
»Also wir ham' hier, bei uns im Bremersmoor un' im Umkreis viele Naturschutzgebiete, nech. Ne Menge Rote-Liste-Arten leben hier. Und die Schweine ham's auf Vögel abgesehen.«
Knechter kapierte kein Wort und wartete.
»Naja, Brachvögel zum Beispiel, wissen 'Se. Oder Kornweihen. Nur noch 'n paar ganz wenige Brutvögel in Deutschland.«
»Und?«

Halb vier. Knechter zog müde den Rücken in die Höhe, bis die Wirbel knackten. Er hockte vor Veersens Schreibtisch, beladen mit Papieren und einem Pentium II mit DVD-Laufwerk. Was für eine Geschichte. Bredekamp glaubte, dass der tote Lehrer einer Wildererbande zu nahe gekommen war. Eine gut organisierte Gruppe, die mit Vogelbälgen seltener Arten eine Menge Kohle machte. 50 000 Mark für einen ausgestopften Kornreiher oder wie das Viech hieß. Entweder wurden die Piepmätze mit Netzen gefangen, erzählte Bernie oder – eben – mit Armbrüsten gejagt. Damit nicht zu viel Federn kaputtgingen und so.
Aber gab's wirklich Typen, die wegen 'nem Vogel jemanden umbrachten? Mann.
Knechter drückte auf den Powerknopf und fuhr den PC hoch. In Papieren, Schubladen und Schränken hatten Björn und er nichts ge-

funden. Jetzt blinkten Textdateien auf dem Bildschirm, Schulklausuren, Notizen zu Tieren (»Montag, 5.30 Uhr, zwei Ohrenlerchen im Ried. Dienstag, Todfund Singschwan mit Ring«), gescannte Facharktikel und ein File, das offenbar mit diesen verbrecherischen Ausstopfern zu tun hatte. Knechter fand den Drucker und ließ ihn rattern. Schickes Ding, ein Farb-Laserdrucker. Wozu brauchte ein Dorflehrer so teures Zeug? Seite um Seite presste sich aus den Walzen, aber das hatte Zeit bis morgen. Dann sah Knechter das eingestöpselte Modem und klickte den Internet Browser an. Sollte die Telefonrechnung noch ein bisschen höher werden – Veersen konnt's egal sein.

Mit viel zu roten Augen klickte Knechter auf den Verlaufs-Button des Explorers und schaute sich die Liste der genutzten Seiten an. Spiegel.de, Tiermagazine online, die Suchmaschinen und viele www.s, die dem Kommissar überhaupt nichts sagten. Er surfte auf Horst Veersens Spuren durchs Netz, klickte sich durch alle möglichen Foren, Shops und Websites, die der Tote besucht hatte. Nur einmal stutzte er: der blanke, schwarze Screen zeigte ihm ein blaues Kästchen: »Password«.

Knechter kramte nach seinem Notizbuch und notierte die Homepage-Adresse. Das war was für EDV-Schlinker. Vielleicht konnte der rausbringen, was dieser schwarze Bildschirmvorhang zudeckte.

Am nächsten Morgen war er um zehn im Präsidium – die Augen immer noch klein und mit juckenden, verschwitzten Bartstoppeln. Björn war schon draußen in Bremersmoor und kämmte mit Kollegen das Landschafts-Haar, um Läuse zu finden: Spuren.

Knechter fragte eine Bekannte, die Zollerfahrung hatte, nach ausgestopften Vögeln und bekam die Preise bestätigt, die Bredekamp ihm genannt hatte. Der Autopsiebericht würde dauern und wohl kaum was bringen. Interessanter war der Bolzen. Knechter zog sich gierig den Hörer an den Mund, als würde er Kaffee trinken.

»Moin, Rietscher – es geht um die wandelnde Zielscheibe letzte Nacht.«

»Ah, Knechter. Is ja 'n Dolles, was? Als Tatwaffe ein echtes Unikat.«

»Schon was rausgekriegt?«

»Das dauert. Mit normalen Brüsten hab ich schon oft genug zu tun, aber Armbrüste?«

»Na, na, Herr Ballistik-Experte!«

»Musst noch 'n bisschen warten. Sorry.«

Brummend warf Knechter den Telefonhörer zurück und kramte nach den Autoschlüsseln.

Es war eine »Flügelwind 500«, wie Rietscher einen Tag später erklärte. Fand sich in jedem Jagdkatalog, wenn der dick genug war, und ließ sich in jedem Waffengeschäft bestellen. Auch Björn hatte Glück: An Veersens Grundstück grenzte ein Maisfeld, wo der Mörder gestanden und gezielt haben musste. Ein Stiefelabdruck war fast zu gut für den Gipsabguss und stellte sich als »Graufeld«, Größe 42, heraus – auch dieser Schuh war über Jagdkataloge zu kriegen. Die Fußspur knickte deutlich ein paar Meter Maiskolben um, führte zu dem krüppligen Birkenwäldchen und endete an der Straße – der einzigen, die es in Bremersmoor überhaupt gab. Dort keine Reifenspuren. Keine weggeworfene Kippe. Nichts.

Von der Polizeiwache der Gemeinde wurde ihnen Bolle als Unterstützung geschickt, jener Jungpolizist – grüne Uniform und grün ums Ohr –, über den Knechter schon am Tatort gestolpert war. Na toll.

Zusammen mit Björn klapperten sie die Gehöfte ab, befragten Nachbarn, suchten Zeugen. Schwitzend und mit leeren Notizbüchern.

Horst Veersen blieb unscharf und immer drei Schritte weg. Knechter sprach mit den Kollegen an der Schule, fragte nicht nur die Lehrer, sondern sogar Schüler. Aber er bekam nur nordische Zurückhaltung als Antwort. Veersen war offenbar weder gut noch böse, weder Choleriker noch trinkender Melancholus, weder mustergültiges Nabu-Vereinsmitglied noch ein fauler Arsch. Veersen kam Knechter vor wie die Grauen Männer aus »Momo«, und er selbst fühlte sich immer mehr wie der dumpfe Polizeiposten Rugbüll in der »Deutschstunde« von Siegfried Lenz.

Wenn du das Opfer kennst, kennst du das Motiv. Und damit den Mörder. Das hatte Knechters Lehrer immer gesagt, der alte Zelber. Aber wie sollte er diesen zurückgezogenen Veersen kennen lernen, der kein Tagebuch schrieb und keine Freunde hatte, noch nicht mal im Nabu – von Bredekamp mal abgesehen.

Auch die Wilderer-Datei aus dem PC brachte wenig. Wüste Anschuldigungen, wilde Spekulationen. Und nur ein Name, der immer wieder auftauchte. Martin Ohlens.

Ding-dong. Die Türklingel ging fast unter im wütenden Gekläff. Zum Glück hatte er Björn dabei. Ein Klischee-Typ machte auf, solarienbraun und mit viel offenem Hemd.

»Herr Ohlens, wir würden uns gern ...«

»Nur rin' in die Stube.«

Ohlens führte sie in das, was er Arbeitszimmer nannte: tapeziert mit glasäugigen Köpfen und Soundsoviel-Endern. Geweihe in jeder Couleur. Von der Decke hing ein Bussard mit ausgebreiteten Schwingen, sich drehend wie die Junker-Ju-Plastikmodelle von Knechters Neffen. In einer bis zur Decke wachsenden Vitrine: ein halbes Dutzend Gewehre. Repetierbüchse, Drillinge, Selbstladeflinten. Fehlte nur der Gamsbart am Hütchen – aber der war bestimmt auch irgendwo versteckt.

»Ich bin froh, dass der alte Stänkerer weg is'«, hackte Ohlens in das Schweigen der Polizisten.

»Ja?«

»Der war doch total Banane. Hielt sich für den Alten Fritz oder sonst wen. Aber wenn 'Se meinen, ich hätt was damit zu tun ...«

»Wieso kommen Sie darauf?«

Immer Gegenfragen stellen, dachte Knechter. Das hatten sie ihnen beim letzten Seminar eingetrichtert: Rhetorik für Polizeibeamte. Und es wirkte natürlich.

»Naja.« Verunsichert blickte Ohlens von Knechter zu Björn – und schwieg.

»Ich nehme an« – Knechter kam sich bei diesen gewollt beiläufigen Fragen immer vor wie Columbo – »Sie haben für all die Waffen einen Schein?«

Die Antwort kam so schnell, als wäre die Frage ein wundes Reh, das jetzt seinen Fangschuss bekam.

»Natürlich. Nach der Verwaltungsvorschrift zum Waffengesetz, Paragraph 28, Absatz 4, Ziffer 7 mittels Jagdschein.«

»Andere Waffen als die Büchsen da drin?«

»Nee.«

»Keine Revolver?«

»Ach so, ja, 'nen Taurus 605, Kaliber 357.«

»Aber natürlich keine Armbrust?«

Ohlens Augen flitzten hin und her, als würden Düsenjets durchs Zimmer zischen. »Nee. Das ist was für Softys. Kinderjagd.«

»Wo waren Sie gestern Nacht zwischen neun und elf?«
Die Überschallflieger waren gelandet, Ohlens Augen blickten starr auf einen spiralförmig gedrehten Antilopenkopf.
»Hier. Hab fern gesehen.«
»Ach. Die hundertste Wiederholung von Casablanca?« Knechter wurde aus dem Typ nicht schlau. »Können wir uns ein bisschen in Ihrem Haus umsehen?«
»Klar.«

Natürlich fanden sie nichts. Auch ein Durchsuchungsbefehl hätte wenig gebracht – die Armbrust würde nicht in einem knarrenden Holzdielen-Versteck liegen. Oder doch? Ohlens war nicht vorbestraft, eine Anzeige lief aber: Ökotypen hatten ihn erwischt, als er einen Tag vorm Ende der Schonzeit losballerte. Aber ein Armbrustmörder?

Knechter stellte den Tischventilator eine Stufe höher und blätterte im Autopsiebericht: Perforation der Herzklappen, Eindringen des Bolzens zwischen den Rippen drei und vier links. Dann noch eine leicht angeschwollene Leber und tiefe Schwelwunden post mortem. Die Grillkohle. Todeszeit 22 Uhr, plus minus zehn Minuten. Na, das hatte ja mal wieder ewig gedauert, bis die Leitungen ihn nach Bremersmoor geführt hatten. Wann war er dort gewesen? So um Mitternacht?

Björn hatte keinen Zeugen gefunden, niemand hatte nichts gesehen, wie das auf'm Dorf immer so ist, wenn die mit den Kühen einschliefen und den Hähnen aufstanden. Und was war mit diesem Bolle? Der kannte die Leute doch wenigstens ein bisschen. Knechter schleppte sich zum Automaten auf dem Gang und zog sich eine kalte Cola, die er erst an die Stirn, dann an die Kehle drückte.

»He, EDV-Mensch, warte mal!«
Schlinker begrüßte ihn mit leichtem Knoblauchgeruch und einem lauten »Mahlzeit!«

»Kannst du mir 'nen Gefallen tun, Bildschirmmann? Ich hab' hier 'ne Internet-Adresse mit Passwortabfrage. Ich wüsst gern, um was es da geht.«

Schlinker rülpste und schob sich die letzten Haare zurecht. »Mann, das ist nicht so einfach wie du denkst. Wenn du nicht irgendne Hilfe hast …«

»Aber …«

»Ja, ich weiß. Im Fernsehen koppeln sie einen Computer dran, der schneller als jede Werbepause die Kombination geknackt hat. Aber das ist Scheiß-TV, Mann. Weißt du wenigstens, wie viele Zeichen der Code haben muss?«
Knechter hob Schultern, Hände und Augenbrauen. »Nee.«
»Dann erwarte nix, okay?«
»Trotzdem danke, Schlinker.«
»Hm. Ist das dein Telefon da drin?«
Ja, es war seins. Bolle war am Apparat, die grüne Dorfuniform.
»Ich glaube, Herr Kommissar, Ohlens gehört wirklich zur Wildererbande. Die Leute hier haben gegen Jäger nix, im Gegenteil, aber bei Mord ...«
»Was wird geschnackt?«
»Besuch von auswärts, dicke Schlitten, Mercedes, komische Kennzeichen – na, Sie wissen schon. Außerdem ist der Ohlens ein bisschen zu oft unterwegs. Und der Kassierer der Raiffeisenbank hat mir Andeutungen gemacht. Natürlich inoffiziell. Wenn man da von der Staatsanwaltschaft ...«
»Mal sehen. Sonst noch was?«
»Der alte Kühme. Mit dem sollten Sie vielleicht mal sprechen. War der einzige, der ein bisschen was über Veersen erzählte.«
Wenn du das Opfer kennst, kennst du das Motiv. Knechter zerrte am engen Kragen. »Okay – sagen wir in einer Stunde? Ich muss sowieso noch mal nach Bremersmoor. Gut gemacht, Bolle.«
Ja, er musste noch einmal mit Bernie quatschen.

Bauer Kühme stand neben Martha und streichelte ihr über den Kopf. Bolle schwitzte nervös und redete auf den Alten ein.
»Nun vertell' dem Kommissar, was du mir gesegt hast, Ulli.«
Bauer Kühme kratzte sich mit der Mistgabel an den Gummistiefeln herum.
»Dem seg ich gar nix. Der weiß ja nich' mal, wie 'n Schwein scheißt.«
»Muh«, bestätigte Martha und kümmerte sich wieder um ihr Heu.
Knechter wrang sein Taschentuch aus und fluchte im Stillen.
»Nu man tau, Ulli.«
Bauer Kühme nestelte einen Stumpen hervor, spuckte aus und brüllte auf einmal los: »Der alte Veersen war 'n Aas. Das weiß jeder

hier. Segt nur keiner wat. 'Ne zuchtlose Kröte. Mi Else hat mir genug von dem erzählt.«

»Können wir mit dieser Else sprechen«, fragte Knechter müde und verbiss sich gerade noch: Wenn das nicht auch 'ne Kuh ist.

»Jo«, grummelte der Alte. »Auf'm Friedhof. Und nu raus hier.«

Draußen piepste das Handy: EDV-Schlinker auf elektronischen Spuren.

»Du hast vielleicht immer Dussel, Knechter.«

»Passwort geknackt?«

»Nö, keine Chance.«

»Aber?«

»Kanäle im System, mein Lieber. Hab ein bisschen rumgefragt. Und tatsächlich ist die Website bekannt.«

»Und?«

»Das LKA Nordrhein-Westfalen hat 'n Dossier. Die werden den Laden bald dichtmachen. Spezialtruppe Internet, du weißt schon.«

»Nazisprüche?«

»Schlimmer, Knechter. Kinderpornos.«

Mist. Der Laserdrucker. Farbkopien direkt aus dem Netz.

Langsam lerne ich dich doch ein bisschen kennen, dachte Knechter.

»Okay, irgendwas Neues?«

Sie saßen zu dritt in der »Sonne« – Bremersmoors Kneipe. Die beiden Kollegen schüttelten die Köpfe.

»Bolle, wie sicher bist du dir mit Ohlens?«

»Ziemlich. Er schießt die Kornweihen und verhökert Sie dann.«

Björn wurde kribbelig. »Überwachen wir den Mistkerl?«

»Ich weiß nicht.« Knechter nippte an seinem Alster. »Vogelmord ist was anderes ...«

»Aber wenn wir ihn erwischen, packt er bestimmt aus. Ohne seine Knarren und Jagdhunde macht der doch sofort schlapp.«

»Na gut. Wenn du willst. Teilt euch ein, zwei Tage das Vergnügen.«

Die beiden nickten. Zaghaft fragte Bolle: »Könnte ich mal den Autopsiebericht kriegen? Und die annern Akten?«

Knechter grinste. »Klar, wenn ihr hier auf'm Moor schon lesen könnt ...«

Bernhard Bredekamp schien der Einzige zu sein, dem die kostenlose

Rund-um-die-Uhr-Sauna zu gefallen schien. Auch er schwitzte, grinste aber über das ganze Gesicht.
»Moin, ich wollte noch einmal mit ihnen reden.«
»Ah, der Herr Kommissar.«
»Na, ihnen geht der Tod Veersens wohl nicht besonders an's Herz, was?«
»Ach, wissen 'Se, so gut kannte ich ihn auch nit.«
»Aber warum so glücklich?«
»Na, nach allem, was ich hörte, wird dem Ohlens endlich dat Handwerk gelegt.«
»Spricht sich rum, was?«
»Jo, die Leute hier wollen keinen Mörder.«
»Hm.« Knechter brummte. »Wussten Sie von Veersens ... Neigungen?«
Immer die Augen beobachten. Auch das hatte ihm sein Lehrer oft genug eingeimpft. Nichts in Bredekamps Gesicht veränderte sich. Das Lächeln hing wie gemalt unter der Nase, die Augenbrauen zuckten nicht. Aber die Pupillen schnellten für eine kurze Sekunde nach links, wo hinter Knechter ein Spiegel hing.
»Was meinen 'Se, Herr Kommissar?«
»Naja, nicht so wichtig.«
Knechter drehte sich um, zog sich und seinem Spiegelbild den Kragen zurecht. An einer Seite des Rahmens hing ein Passfoto.
»Ihre Frau, Freundin, Verlobte?«
Knechter brummte. Und Bernie nickte, immer noch mit dem Bruce-Willis-Lächeln im Gesicht.

Draußen schaute Knechter auf die Heidelandschaft, spuckte in den kleinen Kanal und hängte sich ans Handy.
»Ja, Bredekamp wie man's spricht. Ja, ich will wissen, ob er eine Tochter hat oder so. Ruft sofort zurück – okay?«
Er rieb sich die Hände und ging ein paar Schritte am Wasser entlang. Vorbei an einem umgekehrten Dreieckschild – fing hier schon das Naturschutzgebiet mit den Kornweihen-Viechern an? Nervös suchte er nach Schatten – aber Fichten und Birken waren zu klein. Norddeutsches Flachland.
Endlich trillerte das Handy den Schlusspfiff zu seinem Herumgeschlurfe.

»Was? Keine Tochter. Mist ... Wie? Okay, gut, Danke.«
Bingo. Keine Tochter, aber eine Schwester. Knechter war sich fast sicher.

Im gleichen Moment, als er an Bredekamps Tür klingelte, schrillte wieder das MobCom, ein aufgeregter Björn am Plastik.
»Mensch, wir ham ihn, Knechter.«
»Was 'n los.«
»Ich hab grad Ohlens geschnappt. Der hängt jetzt mit abgeschlossenen Armbändern am Lenkrad meines guten alten Peugots.«
»Von was redest du?«
»Mitten am Tag – verrückt was? Wollte einfach das Moor zum Mittäter machen.«
»Mach hin, Björn!«
Aber der kicherte erstmal. Als Bernhard aufmachte, triumphierte das Handy: »Ich halte hier eine Armbrust Marke Flügelwind 500 in den Händen, die Ohlens verschwinden lassen wollte.«
»Was is'n noch?«, fragte Bredekamp im Türrahmen.
»Gut gemacht, Björn. Ich ruf zurück.«
Knechter starrte den kleinen Bruce Willis an.
»Ähm, nichts, ich ...«
»Begleiten 'Se mich 'n Stück, Herr Kommissar? Ich muss mal wieder 'ne Runde drehen.« Lächelnd hob er ein Fernglas. »Die Kornweihen, wissen 'Se?«

Schweigend gingen sie am Kanal, vorbei an dem Naturschutzschild, vorbei an der Sonne, die sich gerade leuchtend rot ihr Bett machte.
»Einen Augenblick war ich mir sicher, Sie hätten ihn umgebracht, Bernie.«
»Da, hören 'Se, dieser abfallende Ruf. Ein Brachvogel.«
»Ihre Schwester hat Selbstmord begannen und ...«
»In Ostfriesland nennen Sie ihn Breeder Dirk, den Totenvogel.«
»Und ich war mir einfach sicher, dass ...«
»Die Weibchen verlassen die Brutplätze oft schon im Juni, und die Männchen ziehen die Jungen auf.«
»... dass Veersen sie missbraucht hat.« Knechter starrte auf das moorige Wasser, dunkel und undurchsichtig. Er schreckte erst zusammen, als er das Klicken hörte und wirbelte herum.

»Bernie!«

Die Pistole war verdammt nah an seiner Brust. Viel zu nah.

»Sie hat mir zwanzig Jahre lang nichts erzählt, wissen 'Se? All die Jahre hat sie dieses Schwein mit sich herumgetragen. Und hat mir nie was gesagt.«

»Ganz ruhig, Bernie, keine Dummheiten.« Knechter machte ein paar Schritte zurück.

»Erst in ihrem Abschiedsbrief. Da stand's drin, wissen 'Se, Herr Kommissar? Aber da war's zu spät.«

So als wollte er einem Zweimeter-Mann die Hand schütteln, hob Bernhard den Arm. Nur steckte da vorne eine Pistole, die jetzt genau auf Knechters Stirn zielte.

Ein Schuss knallte über die Norddeutsche Tiefebene, der Brachvogel hob seinen scherenlangen, gekrümmten Schnabel und flatterte davon, Knechter schloss die Augen und machte sie wieder auf. Bredekamp lag am Boden und hielt sich den blutenden Arm.

Knechters Deus ex Machina kam lächelnd näher. »Ich wusste, er war's«, meinte der Dorfbulle, der noch grün hinter den Ohren war.

»Wieso?«

»Der Autopsiebericht«, erklärte Bolle. »Die Akten. Veersen muss fast eine halbe Stunde in der glühenden Kohle gelegen haben. Und er starb um 22 Uhr. Bredekamp hat die Zentrale aber erst um 22.47 Uhr angerufen. Hatte sein Fahrrad dabei. Muss Ohlens die Waffe untergeschoben haben. Er war einfach zu lange weg für einen Mann, der nur mal Würstchen holen geht.«

Knechter brummte. Da hatte er's. Niemand tötet für einen Vogel.

Ulrike Rudolph
Schwimmtraining
oder: Mens sana in corpore sano

›Der arme Kerl: Wie ein Häufchen Elend steht er da, die Knie fest zusammengepresst. Jetzt winkt er und lächelt tapfer. Ich könnte heulen!‹

Heide riss die linke Hand hoch und winkte zurück. Dann setzte sie ihren Kampf gegen den Widerstand des Wassers fort, mit zusammengebissenen Zähnen und weit geöffneten Augen. Sie zog schon die achtzehnte Bahn durch das große Becken des Fun-Bades, das die Honoratioren des Kurortes als Touristenattraktion in einen Pappelhain direkt am Rheinufer hatten bauen lassen. Diese Bilderbuchlage interessierte Heide jedoch nicht in geringsten. Sie schwamm konzentriert – immer eine Länge in Rückenlage, zurück im Bruststil. Den Kopf hielt sie angestrengt hoch, sodass er unnatürlich weit aus dem Wasser herausragte. Dabei war ihr auch die Frisur vollkommen gleichgültig. Früher hatte sie den Kopf mehr unter als über Wasser gehabt, ja früher, da hatte sie die alten Damen belächelt, die Gummihauben mit Plastikblümchen trugen. Die wippten lustig beim Schwimmen, doch nach dem Bad sahen die Frauen trotzdem aus wie die zerrupften Hühner. Aber das war in einem anderen Leben gewesen. In den letzten Wochen nahm sie die Damen gar nicht mehr wahr. Heides Blicke klebten nur noch an ihrem Achtjährigen oder sie tasteten sein direktes Umfeld ab, was bei den durch die leise flatternden Blätter der hohen Pappeln tanzenden Sonnenflecken gar nicht einfach war. Der rasche Wechsel von Licht und Schatten gaukelte ihr in diesem besonderen rheinischen Sommer Bilder vor, die sie misstrauisch betrachtete. Teilweise schien es gar, als lache ihr Kleiner. Heides Augäpfel schwammen in ihren Höhlen, das Weiße war von roten Äderchen durchzogen. Sie wischte mit dem nassen Handrücken darüber.

›Ich muss mich langsam an den Gedanken gewöhnen, eine Schwimmbrille zu tragen, sonst kann ich bald gar nichts mehr sehen, und das darf nicht sein, gerade hier nicht.‹

Schon vor einer Viertelstunde hatte sie aufgehört zu zählen, wie oft

Joschi ins Wasser sprang. Jetzt kletterte der Kleine wieder aus dem Becken und rannte um die Startblöcke herum zu dem ausladenden Einmeter-Sprungbrett.

›Er soll doch nicht rennen, wie oft habe ich ihm das schon gesagt, das ist viel zu gefährlich ...‹ In dem Versuch, rascher in die Nähe ihres Sohnes zu gelagen, zog Heide die Arme schneller durch das Wasser und schlug die Beine fester zusammen. ›Jetzt balanciert er wieder so weit vorne auf dem Brett herum, gleich wird er fallen und sich verletzen – noch mehr verletzen ...‹ Heide spürte, wie ihr Herz aus dem Takt geriet, und zwang sich zu langsameren Zügen. ›Was soll nur werden? In seinen Träumen schreit er nach mir. Und ich kann nichts tun, habe versagt, war nicht da um ihn zu beschützen vor dieser Bestie!‹

Heide rang nach Luft und dachte an ihren Arzt. Sofort versuchte sie, ihre Bewegungen zu drosseln, Joschi war ja sicher im Wasser. ›Und Werner – dieser Pragmatiker! Entweder zur Polizei oder Schwamm drüber. – Du kannst doch nicht einfach einen Nachbarn anzeigen, nur weil dein Kind sich anders als sonst verhält –, hatte er gesagt, und schulterzuckend angehängt, – der Junge sagt doch nichts, vielleicht rückt er ja bei der Polizei mit der Wahrheit raus –. Und das als Vater! Joschi würde kaputt gehen, müsste er erklären, warum er sich so eingekapselt hatte, ständig krank war und ins Bett machte, seit dieses widerliche Schwein nebenan eingezogen ist und die Kinder in seinen Keller lockt. – Eisenbahn –, dass ich nicht lache!‹

Heide schüttelte den Kopf in dem sinnlosen Bemühen, den milchigen Schleier vor ihren Augen zu entfernen. Hart spürte sie ihre Schultermuskulatur, und auch ihren Herzrhythmus fühlte sie deutlich, unregelmäßig, holperig. ›Ich muss aufpassen‹, rief sie sich zur Ordnung. ›Überanstrengen darf ich mich auf keinen Fall, hat der Doc gesagt, sonst wird's gefährlich und schadet mehr als dass es nützt.‹ Sie beendete die Bahn und stieg mit zittrigen Knien die Leiter empor. Gerade hüpfte der Kleine wieder vom Einer und tauchte prustend auf. Wie ein kleiner nasser Hund krabbelte er ans Ufer, schüttelte sich das Wasser aus den dunklen Locken und ließ sich neben ihr auf die Liege fallen. »Gehen wir gleich auch noch ins Blubberbecken, Mutti?«, fragte er atemlos.

›Solche Fragen hat er früher nicht gestellt! Da ist er einfach losgerannt.‹ Vorsichtig – als sei die Haut darunter offen – löste Heide die nassen Haarsträhnen von der Stirn des Jungen. Sie schluckte und bemühte sich um ein zuversichtliches Lächeln. »Natürlich gehen wir noch rüber, wenn du möchtest, ich muss mich nur kurz ausruhen.« Joschis Gesicht hellte sich für den Bruchteil einer Sekunde auf, nur um sich sofort wieder zu verdunkeln. Seine kleine Hand legte sich in einer zärtlichen Geste auf ihren Unterschenkel. »Aber du musst dir jetzt gleich Spray auf die Risse tun, ja? Sonst entzünden sie sich wieder.«

Heide riss ihre Augen vom Gesicht des Sohnes los und senkte den Blick langsam auf ihre Füße. Die Rhagaden in der Haut zwischen ihren Zehen waren schon wieder größer und tiefer geworden. Das Fleisch schimmerte rosa zwischen den aufgequollenen weißen Risskanten der Haut hervor – flüchtig dachte sie an den toten Fisch, den sie beim Bezahlen neben dem Kassenhäuschen im flachen Uferwasser des Rheins hatten schaukeln sehen. Sie seufzte, rieb die Stellen an ihren Füßen trocken und suchte in ihrer Badetasche nach der Canifug-Lösung. Schließlich fand sie sie im Seitenfach der Tasche, wo auch ihre Notfallausrüstung gegen Unterzuckerung und das schwarze Plastiketui steckte, ihr »Überlebenspäckchen«, wie sie es mit erlahmendem Galgenhumor nannte. Seufzend sprühte sie sich den dünnen Nebel des Breitspektrum-Antimykotikums auf beide Füße. Als ihr der beißende Alkoholdunst in die Nase stieg, war sie froh, keinen Schmerz zu empfinden. ›Wenigstens der Körper kann sich schützen‹, dachte Heide bitter. Gleichzeitig wurde ihr bewusst, dass sie sich schon unverantwortlich lange mit ihren Füßen befasste. Rasch drehte sie den Kopf zum Sprungturm.

Dort stand Joschi schon wieder vorne auf dem Brett und winkte zu ihr herüber. Heide erstarrte. Das Sprayfläschchen glitt ihr aus den Fingern. Dicht hinter dem Kleinen stand das Schwein! Der neue Nachbar mit der Eisenbahn im Keller. Seit Joschi nicht mehr zu ihm kam, tauchte er gelegentlich hier im Schwimmbad auf. Typisch, er war immer hinter den kleinen Jungs her, glotzte, grinste geil und grüßte Heide, als habe er ein reines Gewissen. Selbst auf die lange Außenrutsche folgte er den Kindern, viel zu dicht rannte er hinter ihnen die gewundene Treppe empor – peinlich in seinem Alter, aber das war dem natürlich gleichgültig. Heide war aufgesprungen und dem Fläschchen hinterher gelaufen, das klirrend über die gefliese Umrandung des Beckens hüpfte, ohne den Blick von Joschi zu nehmen. Sie stolperte über eine Fliesenkante, fing sich aber sofort wieder.

Den eingerissenen Nagel an ihrem rechten großen Zeh bemerkte sie nicht. Kurz vor dem Beckenrand bückte sie sich und griff nach dem Spray. Der Mann in dem knappen schwarzen Schwimmslip streckte gerade beide Hände aus und legte sie ihrem Kleinen von hinten auf die Schultern. Heide sah genau, wie der Kleine zusammenzuckte, und sie hörte seinen Schrei: »Mutti«, gepeinigt wie nachts im Traum. Dann war er auch schon im Wasser und sie ebenfalls. Mit einer Hand hielt sie sich heftig keuchend am Beckenrand fest, die andere presste den Kleinen an sich, während ihre Füße automatisch Wasser traten. »Mutti?« Joschi wand sich in ihrem Arm. »Mutti? Was ist los? Ich wollte dir doch nur meinen Kopfsprung zeigen?« Der widerliche Typ stand immer noch am Rand des Einmeterbrettes, das Gesicht zu einer anzüglichen Grimasse mit gefletschten Zähnen verzogen. Später hätte Heide schwören können, dass die Badehose seine gewaltige Erektion kaum zu bedecken vermochte.

»Ist alles in Ordnung, Frau Killian?«, schleimte es in ihr Ohr. Heide schüttelte angewidert den Kopf und gab zögernd den strampelnden Sohn frei. Erst jetzt bemerkte sie, dass das Sprayfläschchen die ganze Zeit in ihrer Hand gewesen war. Der Beckenrand hatte es tief in ihren Ballen gedrückt, wo es deutliche Spuren hinterlassen hatte, von denen sie nichts spürte. Es ging ihr ganz entschieden schlechter, sie musste sich vorsehen … Als sie den besorgten Blick des Kleinen sah, lächelte sie ihn an. »Gut hast du das gemacht, ich dachte nur, der … Herr Dreher hätte dich geschubst?«

»Ach wo, der hat nur gefragt, ob wir zusammen springen sollen, Doppelarschbombe.« ›Pobombe‹, dachte Heide mechanisch, während sie gegen den immer stärker werdenden Brechreiz ankämpfte. Der Kinderschänder verschwand gerade Richtung Whirlpool, Gott sei Dank. Sie atmete tief ein und fuhr fort, Wasser zu treten. Ihr Kind war inzwischen schon wieder auf dem Sprungbrett angekommen. »Mutti, Mutti, können wir jetzt zum Blubberbecken?«

»Ja, in Ordnung, machen wir«, mühsam zog sich Heide aus dem Wasser, als Joschi noch ein letztes Mal sprang. Da trainierte sie nun seit Monaten, konsequent, genau wie der Arzt es angeordnet hatte, aber sie fühlte sich kein bisschen besser, im Gegenteil. Ihr Stoffwechsel schien immun gegen diese Herausforderung zu sein. Sie wurde immer schwächer und klappriger. Jetzt hatte sie das Gefühl, gleich umkippen zu müssen. Benommen tastete sie sich an der Liege entlang zu ihrer Badetasche. Wo waren ihre Medikamente noch gewesen? – Ah da! Das Sprayfläschchen glitt in das Seitenfach. Dann nahm sie die Tasche auf. Kleine Blitze schossen durch ihr Blickfeld – oder waren es nur Lichtreflexe durch die Blätter über ihr? –, als sie dem Kleinen zu dem schmiedeeisernen Tor folgte, das den Bereich um den Whirlpool vor dem Ansturm der Besucher des Freibades abschirmen sollte. Joschi ging mit hängenden Schultern vor ihr her, x-beinig seit neuestem. Die Knie streiften aneinander entlang, und sie hätte ihn am liebsten wieder in den Arm genommen. Aber seit diesem Vorfall wollte er nicht mehr angefasst werden, war auf Distanz gegangen – auch zu ihr. Heide schluckte und wischte sich erneut über die Augen. Dann sah sie das dampfende Rundbecken. Nur ein Kopf ragte aus dem schäumenden Wasser: das Ekel, konnte das wahr sein! Heide spürte, wie sich ihre Fäuste noch fester zusammenballten. Das hätte sie sich auch denken können, dass ihm das gefiel – Geblase von allen Seiten! Hatte er vielleicht auch noch einen Lustknaben dabei? Nein, er war allein.

Das Wasser war heiß im Vergleich zu den anderen Außenbecken. Heide ließ sich zwischen ihrem Sohn und dem Mann ins Wasser gleiten und platzierte sich in dem kleinen Becken so, dass sie dem Schweinehund nicht ins Gesicht schauen musste: dicht neben ihn. Der Kleine hockte ihnen gegenüber. Heide versuchte sich zu entspannen, aber ihr Herz trommelte einen fremden, abgehackten Rhythmus, der sie ängstigte. Sie hielt beide Hände zu Fäusten geballt eng an ihre Oberschenkel gepresst. Der Typ neben ihr stöhnte leise. Er hatte den Kopf in den Nacken gelegt und hielt die Augen geschlossen, jedenfalls sah es so aus. Vermutlich aber beobachtete er durch die Schlitze den Kleinen; und wer wusste schon, was seine Hände unter Wasser taten ...

Nein, das hielt sie nicht aus, ihr wurde speiübel. »Komm, wir müssen gehen.« Heide stieß sich so heftig ab, dass der Kerl neben ihr zusammenzuckte.

Den Kleinen an der einen Hand, die Badetasche in der anderen, steuerte sie wankend auf die Umkleidekabinen zu. Zwei kleine Mädchen kamen ihnen Eis schleckend entgegen und wichen in einem großen Bogen aus. Heide spürte nicht, wie sie ihnen nachstarrten.

»Mutti, was ist los? Du hast ja deinen Pen in der Hand. Hast du den etwa mit im Blubberbecken gehabt?« Heide blieb stehen und suchte den Blick ihres Sohnes. Seine sonst so sanfte Stimme hörte sich plötzlich scheppernd an und er sah so verschwommen aus wie hinter einer Milchglasscheibe. Ihr ganzer Körper fühlte sich an, als gehöre er jemand anderem. Joschi zog seine kleine Hand langsam aus der ihren und drehte ihre Handfläche vorsichtig nach oben. Heide stierte auf den silbrig glänzenden Stift, ihren Insulinapparat, der in ihrer geöffneten Faust zurückgeblieben war. Sie spürte ihn nicht. Darüber musste sie mit dem Doc reden.

Ein lautes Knirschen ließ sie zusammenfahren. Das folgende blecherne »Eins-zwei-eins-zwei« trieb ihr trotz aller Übelkeit ein Glucksen in die Kehle. Dann kam ein Räuspern, und eine schrille Frauenstimme plärrte in einem Hochdeutsch, dem die kölsche Herkunft deutlich anzuhören war, aus dem Lautsprecher – direkt über Joschi: »Ist ein Arzt hier? Er soll sofort zum Sanitätsraum neben den Umkleiden kommen. Aber schnell, wir haben hier einen Notfall!«

Heide lehnte sich gegen den Stamm einer Pappel am Weg vor den Kabinen und versuchte gleichmäßig zu atmen. Der Kleine blickte sich um und stieß sie unsanft in die Seite: »Guck mal, Mutti, der Herr Dreher!«

Sie riss die Augen auf und versuchte zu erkennen, was sich inmitten der aufgeregten Menschentraube tat, die sich jetzt an ihnen vorbei schob. Zwischen zwei Mädchen hindurch sah sie ihn: Der Scheißkerl schien zu schweben wie in einem Zaubertrick. Er tropfte das raue Pflaster des Wegs nass, aber das machte ja nichts, Moos und Gras würden sich freuen. Harmlos sah er nun aus, geradezu friedlich, wie er da lag, auf seiner Bahre. Seine Arme baumelten beschwingt an beiden Seiten herunter. Wieder spürte Heide, wie kitzelnde Gluckser ihren Hals heraufzuperlen versuchten. Jetzt hatte er die Augen weit geöffnet, aber sie starrten keinen Jungs hinterher, sondern blicklos ins Blattwerk der Bäume oder in das dazwischen sichtbare Blau dieses nun auch für ihn so ganz besonderen rheinischen Sommers.

Heide spürte, wie ihre Knie nachgeben wollten. Sanft schob sie ihren Sohn auf die Umkleidekabinen zu. »Komm, wir müssen weg hier.– Sonst erkältest du dich noch!«

Stephan Rykena
Eiskalt

Simon Bultmann hatte ja schon so einiges in seinem Leben als Taucher bei der Wasserschutzpolizei erlebt, aber so ein Fehler war ihm noch nie unterlaufen.

Da konnte auch das moorige Wasser des Steinhuder Meeres nicht als Entschuldigung her halten. Er hätte sorgfältiger arbeiten müssen. Und nun stand es auch noch schwarz auf weiß in der Zeitung.

»... erst nachdem der verrostete Golf unter großem Aufwand aus dem schlammigen Boden des Steinhuder Meeres geborgen worden war, fanden Feuerwehrleute ein Skelett im Innern des Fahrzeugs, das wahrscheinlich bereits seit einigen Jahren auf dem Grund des Ostenmeeres gelegen hat.«

»Ich hab's nicht gesehen«, sagte er schüttelte enttäuscht den Kopf. »Ich dachte der Wagen wäre leer ...«

Inspektor Werschow legte ihm seine warme Hand auf die Schulter.

»Ist doch gar kein Problem«, murmelte er ruhig. »Auf die paar Minuten kommt's in diesem Fall auch nicht mehr an. Wissen Sie, wie lange der Wagen da drin gelegen hat? – Bestimmt fünf Jahre! Und die Aale haben ganze Arbeit geleistet. Die haben nicht ein Fitzelchen Fleisch für unsere Pathologen übrig gelassen! Also Bultmann, machen Sie sich keine Gedanken.«

Um zehn hatte Kommissarin Paulus endlich die Berichte der Spurenermittlung und der Pathologie.

Sie hatte kaum die ersten paar Zeilen gelesen, als Kollege Werschow in das gemeinsame Büro kam und seine Ermittlungsergebnisse ungefragt herausprustete.

»Der Golf war geklaut. Vor fünf Jahren. Januar 1996. In Wolmirstedt.«

Petra Paulus sah ihn nickend an.

»Der Tote, war 'n Mann, höchstens zwanzig Jahre alt«, sagte sie und wandte sich wieder den Berichten zu. »Einssiebzig, eher zierlich, schreiben die hier. Hohe Wangenknochen und die Art der

Zahnfüllungen deuten auf einen Ausländer hin. Ziemlich dürftig das Ganze. Und im Wagen haben die auch nichts Besonderes gefunden, außer, dass er nicht kurzgeschlossen war.«
Sie sah nachdenklich an die Decke und biss sich auf die Unterlippe. »Hat's im Januar 1996 gefroren? Ich mein war das Steinhuder Meer...«
Werschow grinste und rollte mit den Augen.
»Klar war das Meer zugefroren! Wie kommt denn bitte sonst ein Auto etwa 200 Meter vom Ufer entfernt ins Wasser? Fähre gibt's da nicht! Es hat Wochen lang gefroren zu der Zeit.
Nur gibt's im Steinhuder Meer so'n paar Stellen, die frieren nie richtig zu. Liegt an dem Moorboden. Die Stellen heißen Deipen, so viel ich weiß. Wahrscheinlich ...«
Die Kommissarin nickte wieder. »Schon heftig recherchiert, wie ich höre. Also ist der Typ mit dem Wagen übers Eis und eingebrochen. Und nun frage ich mich, was haben wir damit zu tun. War doch wahrscheinlich 'n ganz simpler ...«
Werschow winkte ab. »Wenn Sie mich mal zu Ende reden lassen würdest, könnte ich Ihnen klar machen, dass das Ganze wohl doch nicht so einfach ist. Der Wagen war nämlich geklaut und zwar vom Hof des Asylbewerberheims in Wolmirstedt, aus dem am Abend des Diebstahls, also am 15. Januar 1996, der 17-jährige Marokkaner Hasan Delim, drei Tage vor seiner Abschiebung verschwunden ist. Delim sollte als Zeuge in einem Prozess am Landgericht in Magdeburg aussagen, in dem es ...«

Nurscha lächelte milde vor sich hin, während sie mühsam die Lokalseite der Hannoverschen Allgemeinen zwischen den engen Sitzen las. Die Sonne zwinkerte durch das kleine Fenster, als das Flugzeug langsam seine Reiseflughöhe erreichte.
Die junge Beamtin neben ihr spielte nervös mir mit ihren Fingern.
»Scheint'n ruhiger Flug zu werden«, sagte sie, mehr um sich selbst zu bestätigen als von Nurscha eine Antwort zu erwarten. »Werden Sie in Casablanca abgeholt?«
Nurscha nickte und las interessiert weiter.
»... bei dem Toten handelt es sich wahrscheinlich um einen 17-jährigen Asylbewerber, der am 15. Januar 1996 aus dem Asylbewerberheim in Wolmirstedt verschwand. Bisher war angenommen

worden, dass der 17-jährige irgendwo untergetaucht sei, da sein Asylantrag abgelehnt worden war. Wie der Tote ins Steinhuder Meer gekommen ist, konnte bisher nicht geklärt werden. Die Ermittlungen gestalten sich schwierig, da der Leichnam vollständig skelettiert ...«
Nurscha lehnte sich zurück und schloss die Augen. Haben sie ihn also doch gefunden – nach so vielen Jahren. Nun konnte sie endgültig nicht mehr nach Deutschland zurück. Und sie hatte gehofft, direkt nach ihrer Ankunft in Casablanca an ihrer Rückkehr arbeiten zu können, Abschiebung hin, Abschiebung her.
Aber wahrscheinlich würden sie bald alles rausfinden, und noch mal in den Knast in Deutschland wollte sie nicht. Viereinhalb Jahre waren genug gewesen.
Das gleichmäßige Rauschen in der Kabine ließ sie kurz wegnicken.
Wie ein Film lief eine längst vergangene Zeit vor ihrem geistigen Auge ab.
Die schrecklichen Monate allein mit dem Vater und der kleinen Schwester in dem Heim in Wolmirstedt. Drei Leute in einem winzigen Zimmer mit dem ständig verstopften Waschbecken und den Metallmöbeln. Drei Leute inmitten von vielen anderen, die sinnlos und ohne Beschäftigung den Tag verbrachten. Die permanenten Auseinandersetzung mit den anderen Bewohnern. Und die Schläge vom Vater. Diese entwürdigenden Schläge, die schließlich ...«
Eine Hand auf ihrem Arm riss sie aus ihrem Dämmerschlaf. Überrascht sah sie in das freundlich lächelnde Gesicht ihrer Bewacherin. »Frühstück, Sie müssen den Tisch runterklappen. Wollen Sie Tee oder Kaffee?«
Nach dem Frühstück sah sie nachdenklich durch das Kabinenfenster auf die unter ihnen liegende Berglandschaft.
»Wenn Sie rechts aus dem Fenster sehen, können Sie den Bodensee sehen«, sagte eine warme Männerstimme aus dem Lautsprecher. »Er ist zurzeit mit einer dünnen Eisdecke überzogen und ...«
Nurschas Gedanken drifteten beim Anblick des zugefrorenen Sees wieder zu dem Zeitungsartikel über den Toten aus dem Steinhuder Meer.
Hasan Delim – ja, Hasan. Er war der einzige Lichtblick in diesem schrecklichen Heim in Wolmirstedt gewesen. Sie hatten sich sofort gut verstanden und das nicht nur, weil er auch Marokkaner wie sie gewesen war. Er war der erste Mann in ihrem bis dahin 17-jährigen

Leben gewesen, bei dem sie das Gefühl gehabt hatte, alles mit ihm bequatschen zu können. Und ausgerechnet der ...
Sie biss sich auf die Unterlippe und ihre eigentlich herrlich weichen Züge verhärteten sich.
Er hatte den Tod verdient, genau wie ihr Vater! In Amgour, ihrem Heimatdorf im Atlas, hätte sie keinen Tag im Gefängnis gesessen für das, was ihr in Deutschland viereinhalb Jahre Haft eingebracht hatte.
Der Bodensee verschwand unter der Tragfläche, und am Horizont sah man hohe, schneebedeckte Berge.
Einen Augenblick blitzte das Leben in Amgour vor Nurschas Auge auf. Das armselige Dorf aus den Tagen ihrer Kindheit in den Bergen des Atlas. Damals war der Vater noch ganz anders gewesen, noch nicht so verbittert und voller Optimismus, dass man als Tischler in Deutschland immer eine Arbeit finden würde. Er hatte jeden Pfennig gespart um die Schlepper bezahlen zu können, die sie schließlich über tausend Stationen ins Traumland Deutschland gebracht hatten, wo der Traum dann ziemlich schnell wie eine Seifenblase geplatzt war.
Und nach dem Tod der Mutter war Nurscha dann bald für den Vater ... Ein eiskalter Schauer lief ihr über den Rücken.
Diese Schläge, dieses eklige Begrapschen, dieser Schweißgestank!
Dieses Schwein hatte wirklich den Tod verdient. Nein, – niemand in Marokko hätte sie verurteilt!
Er hatte sie schließlich töten wollen, nachdem Hasan ihm von ihrem Plan erzählt hatte. Da musste sie ihm zuvor kommen. Und dann hatte er es auch noch überlebt, wenn auch halb gelähmt.
»Versuchter heimtückischer Mord«, hatte die Anklage gelautet. Viereinhalb Jahre Jugendstrafe. Ein hoher Preis für eine gerechte Tat!
Ihre Bewacherin tickte ihr sanft auf die Hand. »Ich muss mal auf's Klo«, sagte sie und lächelte wieder dieses freundliche Beamtenlächeln. »Wenn Sie auch. ...?«
Nurscha schüttelte den Kopf. »Sie brauchen keine Sorge haben«, sagte sie. »Ich hau nicht ab.«
Die Kriminalbeamtin gab ihr einen freundschaftlichen Stups und ging.
Nurscha nahm ein Kaugummi aus ihrer Tasche und sah sich im Flugzeug um.

Das war's also, dachte sie. Von nun an wirst du dich verstecken müssen. Kein Gericht in Europa hat Verständnis dafür, dass Verräter ihr Leben verwirkt haben. Sie werden es Mord nennen und dich wieder für viele Jahre ins Gefängnis stecken, wenn sie dich kriegen. Aber es war kein Mord. Hasan hatte sie und ihre Schwester verraten. Er hatte dem Vater von ihrem Plan, ihn zu töten, erzählt, obwohl er wusste, dass dieses Schwein sie missbrauchte und jeden Tag brutal schlug. Obwohl er wusste, dass der Vater vor hatte, sie als Nutte an seine Bekannten zu vermitteln.

Sie hatte Hasan vertraut, und er hatte ihnen nicht geholfen, sondern dem Vater von dem Plan erzählt. Er hatte sie verraten, und auf Verrat stand der Tod. So einfach war das. Sollten doch die Deutschen anders darüber denken! Hasan Delim war einen gerechten Tod gestorben!

Die Bewacherin kam zurück und nahm die Zeitung, die in der Sitztasche vor ihnen klemmte. »RÄTSELHAFTER LEICHENFUND IM STEINHUDER MEER«, stach es Nurscha wieder von der aufgeschlagenen Seite ins Auge.

Er hätte sich doch eigentlich denken können, dachte sie, dass so eine lächerliche Entschuldigung seinen Verrat nicht auslöschen konnte. Er war doch selbst Araber gewesen wie sie, und da hatte er geglaubt ...

Immerhin hatte er sich ganz schön Mühe gemacht, ihr eine Erklärung für sein Handeln zu geben, Auge in Auge. Aber das hatte sein Leben auch nicht gerettet.

Er war extra mit einem geklauten Auto aus Wolmirstedt nach Wunstorf in die Psychiatrie gekommen, in die man sie nach dem Mordversuch an ihrem Vater zur Feststellung ihrer Strafmündigkeit gebracht hatte, um ihr zu erklären, warum er dem Vater alles verraten hatte. Und alle waren ihr auf den Leim gegangen!

Sie hatte ihn als ihren Vetter ausgegeben, und man hatte ihr großzügig freien Stadtausgang gegeben. Sie hatte ihm die große Verzeihensgeschichte vorgespielt, und als es dunkel geworden war, waren sie in dem geklauten Wagen in ein Wäldchen am Steinhuder Meer gefahren, wo die große Versöhnung mit einer Flasche Sekt und einem Schäferstündchen besiegelt werden sollte.

Davor hatte Hasan ihr aber noch sein Fahrkünste mit ein paar Schleuderrunden auf dem gefrorenen See vorführen wollen.

»Wahnsinn oder, Nurscha, ist doch echt geil wah?«, waren seine letzten Worte gewesen.

Der Schraubenzieher, den sie dem Elektriker beim Verlassen des Krankenhauses aus seinem Werkzeugkasten im Vorbeigehen geklaut hatte, war wie Butter durch seine Rippen direkt ins Herz gedrungen …

Der Tod war schnell und ohne viele Geräusche gekommen.

Sie war aus dem noch rollenden Wagen gesprungen, bevor er etliche Meter weiter auf unerklärliche Weise von der Bildfläche verschwunden war. Irgendwie war sie am späten Abend mit einer plausiblen Erklärung wieder im Krankenhaus angekommen.

»Wir verlassen jetzt unsere Reiseflughöhe und werden in einigen Minuten …«

Die Stimme aus dem Bordlautsprecher riss Nurscha aus ihren Gedanken.

»Das war's dann ja wohl«, sagte sie seufzend und sah ihre sprachlose Begleiterin merkwürdig lächelnd an.

Für die beiden Ermittler in ihrem Büro in der Wunstorfer Amtsstraße stellte sich der Steinhuder Leichenfund keineswegs als so spektakulär dar, wie ihn die Presse gern gehabt hätte.

Werschow hatte den ganzen Tag rumtelefoniert und den Computer bearbeitet.

Das Ergebnis war trotzdem mager.

»Das Asylbewerberheim in Wolmirstedt ist vor drei Jahren geschlossen worden und der ehemalige Verwalter, der Besitzer des Wagens aus dem Meer, ist vor einem Jahr gestorben. Hatte keine Familie. Und über die Zahngeschichte komm ich auch nicht weiter. Totale Fehlanzeige.

Die einzige brauchbare Information, warum der Tote in dem Wagen mit hoher Wahrscheinlichkeit dieser Hasan Delim war, ist die, dass eine gewisse Nurscha Masjid die Angeklagte in einem Prozess in Magdeburg war, in dem Hasan Delim aussagen sollte, und dass genau diese Frau im Januar 1996 in der Wunstorfer Jugendpsychiatrie zwecks Untersuchung …«

Seine Vorgesetzte winkte missmutig ab.

»Das hat doch alles keinen Zweck. Die von der Pathologie können ja nicht mal sagen, wie der Typ umgekommen ist. Ich denke, wenn der einfach nur aus Blödsinn mit dem Wagen aufs Eis gefahren und dann mit der Karre abgesoffen ist, ist das doch kein Fall für uns, oder! Was haben wir denn? Ist doch alles nur Spekulation? Wir haben, weiß Gott, Wichtigeres zu tun, als irgendeinem Phantom, das niemand vermisst, hinterzujagen. Ich meine, wir sollten die Akte schließen.«

Vier Wochen später heuerte Nurscha in Casablanca als Küchenhilfe auf einem russischen Kreuzfahrtschiff auf dem Wege nach Italien an.

Tatjana Kruse
Die Hohenloher Methode

Im Morgennebel sieht es besonders schön aus – Schloss Schreckenstein, irgendwo auf halbem Wege zwischen Schwäbisch Hall und Michelbach im Hohenlohischen. Das Haupthaus stammt aus dem späten siebzehnten Jahrhundert, auf den Ruinen einer staufischen Burg im Besitz der Limpurger Schenken errichtet. Wie ich später feststellte, hatte die alte Gräfin aus Geldmangel das gesamte, ihr noch verbliebene Mobiliar versteigern lassen – kein Gespenst, das etwas auf sich hielt, würde in dieser armseligen Umgebung noch spuken –, aber auch halb leer und nur mit ein paar Möbeln aus einem schwedischen Möbelbastelmarkt wirkte das Schloss auf mich prachtvoller als alles, was mir je im Leben begegnet war.

Ich war auf der Flucht. Vor meiner Vergangenheit als geschlagene und gedemütigte Frau. Mein Mann war jetzt tot, und wenn es stimmt, dass man über Tote nichts Schlechtes sagen darf, dann bleibt vom Leben meines verblichenen Gatten nichts weiter als zwei Wörter: Karsten Böhme.

»Ich sehe, Sie sind sehr kräftig, meine Liebe. Genau das brauche ich auch für meine Pferde. Ich selbst bin nun leider zu schwach fürs Grobe.«

Gräfin Agnes war weit über achtzig und lebte allein auf Schloss Schreckenstein. Zweimal die Woche kam eine ebenfalls betagte Reinemachefrau mit dem Hafner-Bus aus Schwäbisch Hall, aber die wollte jetzt endlich auch ihren Ruhestand genießen. Über eine Anzeige im »Haller Tagblatt«, die ich zufällig auf der Durchreise entdeckt hatte, war ich auf die Stelle aufmerksam geworden. Eigentlich hatte ich ganz aus dem Hohenloher Land verschwinden wollen, aber die Aussicht auf ein Leben als Schlossfräulein lockte mich maßlos.

»Ich werde Sie sicher nicht enttäuschen – ob Ställe ausmisten oder Parkett scheuern, ich mache alles, was anfällt.«

Wir kamen ganz gut miteinander aus. Ich hatte den Haushalt zu führen und Arbor und Ajax, die beiden Warmblüter, zu versorgen. Da die Gräfin schon fast blind war, musste ich mir beim Saubermachen in den wenigen bewohnten Zimmern des Schlosses keine besondere Mühe geben – sie sah weder die Staubwölkchen im Salon noch die Fettspritzer auf dem Küchenherd. Nur bei den Pferden war sie penibel, also hegte und pflegte ich sie wie meine Augäpfel. Am besten gefiel mir das Ausreiten – morgens war Arbor an der Reihe, abends Ajax. Und wenn ich dann vom nahe gelegenen Einkorn zurückgeritten kam und vor mir in der Senke Schloss Schreckenstein sah, schlug mein Herz jedes Mal schneller. Manchmal vermeinte ich unten im Schlossgraben die Silhouette eines Märchenprinzen zu sehen, der vor Jahrhunderten minneschwanger auf seine Laute eingeschlagen haben mochte. Ich liebte dieses Schloss, als ob es mein eigenes wäre.

Doch die Tage unbeschwerter Glückseligkeit währten nicht lange.

»Ajax äpfelt ja immer noch nicht!« Die Gräfin presste das aristokratische Ohr an die Pferdeseite. »Was sind das für Geräusche in seinem Bauch?«

»Ich weiß es nicht. Als ich heute Morgen in den Stall kam, hat er sich auch gewälzt. Dr. Völkl kommt gleich nach der Morgensprechstunde.«

Die Gräfin hatte schon seit vielen Jahren kein Geld mehr, um Dr. Völkl, die zuständige Tierärztin, zu bezahlen, aber sie kam trotzdem. Vielleicht gefiel es ihr, eine blaublütige Aristokratin zu ihrer Kundschaft zu zählen.

»Wenn meinem Liebling etwas passieren sollte, überstehe ich das nicht«, jammerte die Gräfin leise vor sich hin.

»Keine Sorge, Ajax überlebt uns alle«, beruhigte ich sie.

Doch Dr. Völkl machte uns keine Hoffnung. »Eine so schwere Kolik ist mir schon lange nicht mehr untergekommen. Ich fürchte, seine Eingeweide haben sich total verschlungen. Seine Gase können nicht mehr entweichen. Irgendwann wird der Darm reißen, und das arme Viech stirbt an einer massiven Vergiftung des Bauchraumes.«

Ich wurde wohl grün im Gesicht. »Kann ich denn gar nichts tun?« Sollte Ajax sterben, gab die Gräfin womöglich mir die Schuld, und ich wäre meinen Job und meine Zuflucht los.

»Sie könnten ihn herumführen, das ist immer noch das Beste.«

Was ich dann auch tat, die ganze Nacht. Doch am nächsten Morgen, kurz nach halb zehn, verendete Ajax unter Qualen.

Der Abdecker, schlicht gestrickt und wortkarg, kam schon eine Stunde später. Er wuchtete Ajax auf die hydraulische Plattform seines Kleinlasters und brauste mit ihm zur Tierverwertungsstelle, wo man unseren geliebten Vierbeiner zu Seife verarbeiten würde. Eine Weiterverarbeitung zu Pferdewurst, die sich in BSE-Zeiten immer größerer Beliebtheit erfreute, hatte sich die Gräfin ausdrücklich verboten.

Gräfin Agnes war wirklich schwer erschüttert, mindestens ebenso wie Arbor, der seinen Kumpel vermisste. Ich kümmerte mich jetzt besonders liebevoll um ihn.

In der Gräfin hatte ich mich allerdings gründlich getäuscht. Von Kündigung war keine Rede. Nach zwei Wochen hatte sie sich wieder einigermaßen gefangen, und als ich eines Mittwochs vom Einkaufen zurück zum Schloss kam, wartete sie mit Rechtsanwalt Traugott Wilfinger im Salon auf mich.

»Meine Teure, was hätte ich in den letzten Wochen nur ohne Sie getan. Seit Sie bei mir sind, weiß ich mich, die Pferde« – hier stockte sie kurz und bekam feuchte Augen – »das Pferd und das Schloss in guten Händen. Ich will mich erkenntlich zeigen. Da ich keine lebenden Verwandten mehr habe, möchte ich Sie zu meiner Alleinerbin machen.«

Ich gebe zu, das war ein Hammer. Damit hatte ich wirklich nicht gerechnet. Ich konnte in Wilfingers Augen sehen, wie wenig er damit einverstanden war, aber die Gräfin setzte vor meinen Augen das Testament auf, und somit war ich von einer Sekunde auf die andere eine Erbin. Keine reiche Erbin, wohlgemerkt, aber immerhin eine Erbin.

Es wurde mein ureigenster Tag der Wende. Bis zu diesem Zeitpunkt hatte ich mich auf Schloss Schreckenstein wirklich gerne abgerackert, weil ich jeden Morgen dankbar war, ein so schönes Zuhause gefunden zu haben. Aber danach war es nicht mehr wie zuvor. Die Gier reckte ihr geiferndes Haupt. Jeden Abend betete ich »Lieber Gott, falls du gerade in der Gegend bist, lass mich das Schloss erben!« Aber obwohl die Gräfin auf die neunzig zuging, zeigte sie keinerlei Anzeichen, bald abtreten zu wollen. Und auch die himmlischen Mächte schienen nicht eingreifen zu wollen: einen Treppensturz an Allerheiligen überstand die alte Dame gänzlich unverletzt. Ich fragte mich jeden Morgen, wie lange es wohl noch dauern mochte, bevor ich Herrin auf Schloss Schreckenstein sein würde.

Die Idee kam mir beim Ausritt. Es tat mir Leid um Arbor, aber eine große Pferdenärrin war ich nie gewesen, und sein Tod diente einem guten Zweck.

In der gut sortierten Schwäbisch Haller Stadtbibliothek las ich nach, was Pferden gar nicht bekommt, und ich fand auch bald eine heimische Pflanze, die Arbor langsam, aber sicher den Garaus bereiten würde. Fast einen Monat lang vergiftete ich systematisch den guten alten Klepper, der alles fraß, was man ihm vorsetzte, solange es vorher, mittig und hinterher ein Stückchen Zucker gab.

Mitte Dezember war es dann so weit: Arbor musste über Nacht gestorben sein, ich fand ihn tot in seinem Kaltstall.

Ich holte das große Transchiermesser aus der Küche und machte mich an die Arbeit. Das Aufschlitzen des Bauchraumes war kein Problem, aber die ganzen stinkenden, glitschigen Eingeweide mit der Schaufel hinter den Stall zu tragen und dann den Misthaufen darüberzuhäufen, erwies sich als herkuleische Großtat. Doch wie gesagt, ich bin von kräftiger Statur.

Als die Gräfin am späten Vormittag auftauchte, um nach ihrem Liebling zu schauen, war mein Werk bereits getan.

Ich erschlug sie mit der Schaufel – zwei gezielte Hiebe gegen die Schläfe genügten – und stopfte sie in den ausgehöhlten Tierkadaver, was weiter nicht schwer war: Arbor war ein großes Pferd und die Gräfin eine zierliche kleine alte Dame.

Das Zunähen des Pferdebauches hatte ich mir einfacher vorgestellt, aber Gottseidank hatte er ein wunderbares Winterfell mit langen Bauchhaaren, da sah man die Naht eigentlich nur, wenn man nach ihr suchte. Außerdem ordnete ich die Naht schön mit dem Strich des Felles an. Der Abdecker, den ich im Anschluss daran anrief, würde mit Sicherheit nichts bemerken.

Als der Mann dann kam, erzählte ich ihm, ich würde mir große Sorgen um die Gräfin machen, ich hätte sie seit dem Abendessen gestern Nacht nicht mehr gesehen. Er meinte, sie habe vielleicht nicht schlafen können, sei zum Stall gegangen und dann vor lauter Herzeleid über den Tod ihres letzten Pferdes verstört in den Wald gelaufen. Er strich sich mit der Linken über die angegrauten Bartstoppeln.

Oder sie sei vor Verzweiflung ins Wasser gegangen, der Kocher führe auf Grund der vielen Regenfälle ja ordentlich Hochwasser.
Eine herrliche Idee – hätte ich selbst drauf kommen können. Auf jeden Fall erzählte ich es so der Polizei, als ich die Vermisstenanzeige aufgab.
Für die Durchsuchung der ausgedehnten Waldflächen in den Limpurger Bergen wurden sogar Bundeswehrsoldaten aus einer Kaserne bei Öhringen angekarrt, aber natürlich fand man nichts. Man gab der dichten Schneedecke die Schuld und wollte im Frühjahr weitersuchen. Der Kocher konnte auf Grund der reißenden Fluten nicht von Tauchmännern durchkämmt werden. Man müsse abwarten, ob die Gräfin vielleicht irgendwo angespült werde, erklärte mir der Leiter der Suchtruppen und klopfte mir väterlich-tröstend auf die Schulter.

Erst nach sieben Jahren kann ein Vermisster offiziell für tot erklärt werden, das heißt also, dass mir Schloss Schreckenstein noch lange nicht gehören wird. Aber das macht mir nichts – ich habe Wohnrecht, und niemand sagt mir, was ich zu tun und zu lassen habe. Die Gräfin hatte noch einige Schulden, aber für die muss ich erst aufkommen, wenn sie offiziell für tot erklärt wird und ich sie beerbe. Bis dahin wird mir sicher noch was einfallen. Vielleicht verwandele ich das Schloss in ein kleines Hotel. Oder ich schaffe mir ein paar Pferde an und gebe Reitunterricht. Es wird sich schon was finden.
Nur wenn ich mir die Hände mit Seife wasche, bekomme ich ein schlechtes Gewissen. Nicht wegen der Gräfin, die war uralt und hatte ein schönes Leben hinter sich gehabt, nein, wegen Arbor – ich hoffe, er grast jetzt im Pferdehimmel und hat mir verziehen.

Die Autorinnen und Autoren:

BARTH, THOMAS: geb. 1963 in Quakenbrück, studierte Medizin, Psychologie, Soziologie und Kriminologie. Arbeitet zur Voridentifizierung von Opfern bei Massenunfällen, sozialpsychologischen und asienkundlichen Fragen. Bis jetzt keine belletristischen Veröffentlichungen.

DIERICHS, REIMUND: Jahrgang 1949, Industriekaufmann und heute Angestellter der Deutschen Welle, Köln. Schreibt seit zehn Jahren und hat über zweitausend Seiten im Computer, auf denen allerdings nicht nur gemordet wird.

FIESS, MARTINA: Dr. phil., Studium der Kunstgeschichte, Philosophie und Politologie. Journalistin und Autorin, heute Konzeptionstexterin in einer Werbeagentur. Wissenschaftliche, Fantasy- und Krimi-Veröffentlichungen, Präsidentin der Stuttgarter *Sisters in Crime*.

FRAHM, KLAUS-JOACHIM: geb. 1954, hat als Blumenhändler und Lumpensammler Milieuerfahrungen gesammelt. Studium der Wirtschaftswissenschaften und Philosophie, lebt heute als Journalist und Schriftsteller in Eisemroth. Mehrere Kurzkrimis in Anthologien und Zeitschriften.

KRÜGER, JONAS TORSTEN: Jahrgang 1967, Studium der Gemanistik, Kunstgeschichte, Musikwissenschaft und Botanik. 1993 ornithologischer Zivildienst auf Norderney. Lebt seit 1994 in Bollschweil, seit 1993 Gedichte, Kurzgeschichten, Preise und Stipendien.

KRUSE, TATJANA: aufgewachsen in Schwäbisch Hall, lebt in Stuttgart– und kann bezeugen, dass es sich an beiden Orten gleich gut mordet. Autorin zahlreicher Krimis, mehrfach ausgezeichnet. Mitglied bei *Sisters in Crime* und im *Syndikat*.

MÜLLER-PIPER, RENATE: Im Brotberuf Lehrerin, lebt seit 1959 in Haarmann-Town (Hannover), schreibt Kurzkrimis, (1987 Preis des Kulturrats Göttingen), Satiren, Erzählungen, journalistische Arbeiten. Mitglied im *Syndikat* und bei den *Sisters in Crime*.

PAUTSCH, OLIVER: 1965 in Hilden/Rheinland geboren, Studium der Germanistik und Medienwissenschaften, lebt und arbeitet als freier Schriftsteller und Drehbuchautor in Köln.

PURR, AXEL TIMO: 1964 in Braunschweig geboren, Studium der Afrikanistik, Sozialpsychologie und Psycholinguistik. Feldforschungen in Afrika, China und Russland. Arbeitet auch als Informationsarchitekt und Web-Designer. Dies ist seine erste Krimi-Veröffentlichung.

REUTHER, MARIANNE: In Frankfurt/Main aufgewachsen, nach Besuch der Werkkunstschule Offenbach Außenhandelskauffrau. Bisher Veröffentlichung von Lyrik, Prosa und den Krimi »Okto Sapiens«. Im Herbst erscheint der Thriller »Der Tod ist zu schade für dich«.

RUDOLPH, ULRIKE: In Duisburg geboren, lebt in Bornheim/Rheinland. Seit 1989 freiberufliche Redakteurin, Autorin und Lektorin. Zahlreiche Sachbuchveröffentlichungen und Zeitschriftenartikel. Im Krimisektor seit 1998 aktiv; Mitglied bei *Sisters in Crime* und *Syndikat*.

RYKENA, STEPHAN: Jahrgang 1951, im Hauptberuf Lehrer, verheiratet, zwei Kinder. 1996 Seelzer Krimipreis. Neben Jugendbüchern die Kurzgeschichtensammlung »Der stumme Zeuge« und Kurzgeschichten in Rundfunk und Anthologien. Rykena ist Mitglied im *Syndikat*.

SASS, CARLOTTA: Geboren in München, hat während ihrer Gymnasialzeit bei den Benediktinern in Ettal keine Morde erlebt. Danach Literatur- und Philosophiestudium, schließlich Medizinstudium. Arbeitet als Chirurgin in einem Großkrankenhaus, schreibt unter Pseudonym.

SCHROCKE, KATHRIN: Vor 26 Jahren in Augsburg geboren, studiert Germanistik, Literaturvermittlung und Psychologie in Bamberg; zwei Theaterstücke (1995, 1998) und mehrere Kurzgeschichten in der Anthologie »Bei Nacht und Nebel«. Mehrere Preise bei Wettbewerben.